王子殿下の飼い猫は
すこぶる毛並みが良いらしい

七明

B's-LOG BUNKO

ビーズログ文庫

Contents

本性
猫かぶり
ルトヴィアス・アルバカーキ・サクシード
ルードサクシード王国第一王子。
容姿端麗、才気煥発と理想を絵に
描いたような完璧王子だが……？
アデライン・マルセリオ
ルードサクシード王国宰相令嬢。
地味な容姿にコンプレックスを持ち、
引っ込み思案な性格。
王子殿下の飼い猫は
すこぶる毛並みが良いらしい

Characters

デオ
黒髪の優しげな騎士。
少しお調子者。

ライル
赤髪の騎士。
生真面目な性格。

ファニアス・マルセリオ
ルードサクシード王国が誇る名宰相。
アデラインの父親。

ミレー
アデラインに仕える優しき侍女。

シヴァ
ルトヴィアスが大事にしている天馬。

オーリオ
ファニアスの秘書官の一人。
アデラインの従兄。

ハーデヴィヒ
ルトヴィアスを慕う令嬢。
派手な容姿をしており、
アデラインにきつく当たる。

イラスト／紫真依

第一話 幼い婚約者

ルードサクシード王国宰相《さいしょう》ファニアス・マルセリオの一人娘《ひとりむすめ》アデラインが王宮に足を踏《ふ》み入《い》れるのは、この日が初めてだった。

（わぁ、すごい……！）

二ヶ月前に八歳《さい》になったアデラインにとって、王宮の豪華《ごうか》な柱も高い天井《てんじょう》も、そして天井に描《えが》かれた聖人達《たち》の絵も、すべてが珍《めずら》しく美しい。

「アデライン。離《はな》れるんじゃない」

「は、はい、お父様」

天井画に気をとられて、いつの間にか歩みが止まってしまっていたようだ。アデラインは慌《あわ》てて父のファニアスに駆《か》け寄《よ》った。すると、父親は眉《まゆ》をひそめる。

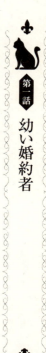

「音をたてて走るものではない」

「ごめんなさい……」

娘《むすめ》が謝《あやま》ると、ファニアスは身を翻《ひるがえ》し、また磨《みが》き抜かれた廊下《ろうか》を歩き始めた。アデラインもそれに続く。

頭上に乗る、ドレスと共布《ともぎれ》で仕立てた花帽《かぼう》を落とさないように、アデラインは背筋をまっすぐに伸《の》ばし、上体を動かさないように、勿論靴音《もちろんくつおと》にも気を使って歩いた。子供には難しいこの所作をアデラインが大した苦もなくこなせるのは、それこそ言葉を覚え始めた頃《ころ》から徹底《てってい》して母親から仕込《しこ》まれたおかげだろう。

「こちらでお待ちください。すぐに王子殿下《でんか》がお越《こ》しになります」

案内してくれた女官が恭しく礼をとり、下がっていくと、アデラインはキョロキョロと部屋を見回した。

（鏡だらけ……）

映《よ》りが良い鏡は宝石と同じ価値がある。その鏡が部屋一面に貼《は》られた様は圧巻だ。

婚約者であるルトヴィアス王子と結婚《けっこん》し、王宮で暮らすようになれば自分もこんな部屋で寝《ね》るようになるのだろうかと、アデラインは心配した。

（ちょっと嫌《いや》だなあ……）

眩《まぶ》しくて眠《ねむ》るのに苦労しそうだ。

「大人しくしていなさい、アデライン」

「はい、お父様」

アデラインは素直《すなお》に頷《うなず》いた。その小さな足を飾《かざ》る若葉色の靴《くつ》は、水晶《すいしょう》のビーズが刺繍《ししゅう》され、アデラインが歩くたびキラキラ輝《かがや》く。

アデラインの八歳の誕生日に、王太子の第一王子にして国王の嫡孫《ちゃくそん》ルトヴィアス王子から婚約の品として贈《おく》られたものだ。

男性が求婚《きゅうこん》の際に女性に靴を贈るのは、ルードサクシードに限らず大陸全土での習慣で、もともとは女神《めがみ》が初めて地上に降臨した時に、後に女神の夫となる農夫が、女神の足が汚《よご》れないように、その場に生えていた白詰草《しろつめくさ》を編んで靴にしたのが始まりだという。

婚約はかねて内定していたことではあったのだが、当のアデラインは靴を贈られたその日に、初めて自分が将来王妃《おうひ》になるのだと教えられた。

しかしやはりまだ八歳。事の重大さを理解できるはずもなく、幼い心はまだ見ぬ婚約者よりも目の前の美しい靴に夢中になった。

彼女《かのじょ》にとってその靴は寝物語《ねものがたり》の中の魔法《まほう》の靴だった。きっとこの靴を履《は》けば、自分にも魔法がかかるのだと、半ば本気で考えていたのだ。

ところでこの水晶のビーズがついた靴は、実を言うと少しばかりアデラインには大きかった。

しかし婚約の品として王子から賜《たまわ》ったものを、大きさが違《ちが》うと返品できようはずもない。靴は中敷《なかじ》きを増やすことでアデラインの小さな足に、無理矢理調整されていた。

そんな事情があって、実はアデラインの踵《かかと》はジワジワと痛みを訴《うった》えていたのだが、それでもアデラインにとっては大のお気に入りだ。婚約者に会ったら、まず最初に靴のお礼を言おうと決めている。

ルトヴィアス王子はアデラインより二歳年上の十歳。会うのは今日が初めてだが、正式に婚約が調えば、王子と会う機会も度々《たびたび》あるだろう。

（仲良くなったら何をして遊ぼう）

アデラインの心は弾《はず》んでいた。人形遊びには付き合ってもらえるだろうか、王家だけが所有を許される天馬《てんま》は見せてもらえるだろうかと、婚約者との対面をずっと楽しみにしてきたのだ。

その時、アデライン達が入ってきた扉と反対側の扉《とびら》が開いた。

「ルトヴィアス王子殿下のお越しでございます」

女官の声に、ファニアスがすぐさま膝《ひざ》を折り首を垂れた。アデラインも慌てて父にならう。

コツコツと近づいてきた足音は、アデラインのすぐ前で止まった。

「顔を上げてください」

少女のような伸びやかな声に促《うなが》されて、アデラインはそっと首を上げる。

そこに立っていた少年は、アデラインより頭一つ分背が高かった。

そしてその金色の髪《かみ》はまるで光を放つようだった。

宝石のような明るい碧《みどり》の目に、祭壇《さいだん》で見る女神の彫像《ちょうぞう》のような顔立ちは、目を見張るほどに美しい。

その美しさに射抜《いぬ》かれて、アデラインは息が止まるかと思った。

神がかった美しい瞳《ひとみ》にじっと見つめられ、アデラインは指一本、瞼《まぶた》一つ思うように動かせず、棒のように立ち尽くす。

「……君がアデライン？」

聞き慣れたはずの自分の名前が、春の詩のように聞こえた。

返事をしなければ、と口を開けたが、何故《なぜ》か声が出てこない。呼吸が浅くなり、爪先《つまさき》から全身に痺《しび》れが広がる。

「アデライン、殿下にご挨拶《あいさつ》を申し上げなさい」

隣《となり》に立つ父親が、たしなめるように促す。けれどアデラインは、震《ふる》える唇《くちびる》を噛《か》み締《し》めるので精一杯《せいいっぱい》だ。ついさっきまで靴のお礼をと、用意していた言葉が、鉛《なまり》になって喉《のど》に詰《つ》まっているかのようだった。

「アデライン！」

「叱《しか》らないでください」

ファニアスの厳しい声を制したのはルトヴィアス王子の一言だった。

「まだ小さいんです。叱らないであげてください」

アデラインを庇《かば》ってくれた彼《かれ》も十分幼かったのだが、自分よりはるかに年上の宰相を見上げたその言動には既《すで》に王族の威厳《いげん》が感じられる。

この大人びた少年が自分といつか結婚するのだと、アデラインは初めてそれを意識した。

実はそれまで婚約者と遊び相手の違いも明確ではなかった彼女のなかで、その差別化は大きな革命だった。

「お祖父様がお待ちだ。行こう」

差し出される白い綺麗《きれい》な手は、爪《つめ》の先まで美しくて、まるで美術品のようだ。

今日はルトヴィアス王子と共に国王陛下に挨拶し、婚約の報告をすることになっている。その後、アデラインとルトヴィアスの婚約は国内外に大々的に発表されるのだ。

自らの小さく丸っこい手を恥《は》じながらも、アデラインはその手をルトヴィアスの美しい手に添《そ》える。すると、象牙《ぞうげ》を思わせる美しい手は、意外にも子供特有の温かさでアデラインの手を握《にぎ》り返してくれた。その温かさに、アデラインはようやく少しだけ安心することができた。

そろりと目を上げる。

緑色の綺麗な瞳は、アデラインではなく進行方向に向けられていたので、心置きなくアデラインは彼を盗《ぬす》み見《み》た。

ルトヴィアスの明るい金髪《きんぱつ》が、さらさらと揺《ゆ》れるのに、アデラインはうっとりと見とれた。

(すごい……)

綺麗な顔に、金の髪。おまけに優《やさ》しくて勇敢《ゆうかん》だなんて、神話に出てくる聖人そのものだ。

(なんて綺麗な男の子なんだろう……)

アデラインはあっという間にルトヴィアス王子に夢中になった。

大きくなったら自分は美しいお姫様《ひめさま》になり、彼と結婚して、いつまでもいつまでも、幸せに暮らすのだ。

そんな夢物語を、アデラインは信じて疑わなかった。

ルードサクシード王国の王孫ルトヴィアス王子の婚約式は、聖ティランアジール皇国をはじめとする各国の王族、大使を招き、王侯《おうこう》貴族の列するなか、盛大《せいだい》にとりおこなわれた。異例なほどに盛大な婚約式は、アルバカーキ王の孫王子に対する並々ならぬ期待をあらわしている。

それも仕方ない、と人々は囁《ささや》きあった。

その日、ルトヴィアス王子の父リヒャイルド王太子は、体調が悪く婚約式に欠席していた。リヒャイルド王太子は生来体が弱く、アルバカーキ王と折り合いが悪い。

しかし、ルトヴィアス王子は健康で、幼いながらも才気煥発《かんぱつ》、母である皇太子妃譲《ゆず》りの美しい顔立ちから国民にも広く愛されており、アルバカーキ王が息子《むすこ》のリヒャイルド王太子より孫のルトヴィアス王子に期待を寄せるのも、仕方ないと言えば仕方がないことだったのだ。

十歳の王子と、王子に手を引かれ初めて国王に拝謁《はいえつ》する八歳の婚約者を、来賓客は微笑《ほほえ》ましく見守った。

しかしこのわずか十日後。

ルードサクシード王国と聖ティランアジール皇国の間で、戦争が勃発《ぼっぱつ》する。

一年近く続いた戦いで、大陸の二大強国として皇国と肩《かた》を並べていたルードサクシードは、広大な国土を焼失《しょうしつ》し、その誇《ほこ》りと国威《こくい》は地に落ちてしまった。

「婚約解消!?」

母親の悲鳴のようなその声に、アデラインはビクリと肩を揺らした。

ルトヴィアス王子との婚約から七年。十五歳になったアデラインは、残念ながら麗《うるわ》しの美女には成長しなかった。

黒い瞳も口も小さめで、鼻も高くはなく、お世辞にも美人とは言えない。しかし花帽からのぞく豊かな栗色《くりいろ》の髪は、たっぷりと艶《つや》めいてその背を彩《いろど》り人目をひく。

国の内外から広く将来の王妃と認知《にんち》されており、正式な婚姻《こんいん》前ではあるが、王族に次いで身分高い女性として扱《あつか》われていた。

今日も、本来であれば王室の女性が訪《おとず》れるべき王都の養護院を慰問《いもん》したばかりだ。

子供達の元気な歌声に胸を温めていたアデラインのもとに、突然《とつぜん》宰相である父親からすぐに自邸《じてい》に戻《もど》るようにとの使いが来た。

何事かと帰ってみれば、まだ外套《がいとう》も脱《ぬ》がぬうちに先程《さきほど》の母親の悲鳴である。婚約解消、と。

「どういう……ことです？」

震える声で尋《たず》ねれば、母親が弾《はじ》けたように振《ふ》り返《かえ》った。

「アデライン！」

アデラインの母親は愛娘《まなむすめ》に走り寄り、ぶつかるようにその身を抱《だ》き寄せた。

その拍子《ひょうし》に、母親の頭から花帽が転がり落ちる。

華《はな》やかな刺繡が施《ほどこ》された婦人の帽子《ぼうし》は花帽と呼ばれ、これを落とさないような優雅《ゆうが》でゆっくりした所作が、貴婦人のたしなみとされている。

かつて太皇太后に仕え、宮廷《きゅうてい》の花形女官だった母親は、いついかなる時も、このたしなみを忘れることはなかった。

常に背筋を伸ばし、凜《りん》と前を向く美しい母はアデラインの憧《あこが》れだった。けれど今、その母の頭上から花帽が転がり落ちた。そのことを、母も、厳格な父もかまおうとしない。

事態はそれだけ深刻なのだ。

「お母様」

「決まったわけではない」

父のファニアスは硬《かた》い表情で、しかしキッパリと言い切った。

「婚約解消になどならん。そなたは何も心配しなくてよろしい」

「私……何か不調法をしましたでしょうか？」

アデラインは膨《ふく》れ上《あ》がる不安を抑《おさ》えこむように、胸元《むなもと》を押《お》さえた。婚約以来、ルトヴィアス王子に相応《ふさわ》しくあろうと努力をしてきたアデラインである。しかしもともと人見知りな気質があり、おしゃべりは苦手だ。度々ある晩餐会《ばんさんかい》や舞踏会《ぶとうかい》で、何か失態をしてしまったのではないか。

「そうではない。そなたに落ち度はない」

「では何故そんな話が持ち上がるのです！」

娘の代わりに母親の宰相夫人が叫《さけ》んだ。ファニアスは眉をひそめ、視線を床《ゆか》に落とす。まるで一人娘の今にも泣き出しそうな顔から逃《に》げるように。

「……殿下の、ご希望だ」

「ルトヴィアス殿下の？」

アデラインは愕然《がくぜん》とした。

婚約披露《ひろう》の日、天使のような清らかな微笑みを見せてくれた少年とは、あれ以来一度も会っていない。直後に起きた聖ティランアジール皇国との戦争と、敗戦。ルトヴィアス王子は留学という名目で、事実上の人質《ひとじち》として皇国へ旅立っていた。

「殿下が、私との婚約解消をお望みなのですか？」

手の震えを、アデラインはもう抑えることができなかった。不安が涙《なみだ》に形を変えて、今にも目頭《めがしら》からこぼれ落ちそうだ。

「……皇国で、ある婦人を見初《みそ》めたそうだ。その婦人との婚姻を強くお望みであられる」

「何てこと……っ！」

アデラインよりも先に、母親が泣《な》き崩《くず》れた。

「噂《うわさ》は……殿下が特定の婦人と親しくしている噂は前から耳にはしていた。しかし先日、殿下が皇帝《こうてい》陛下に婚姻のお許しをいただきたいと、直接お願いされたそうだ」

「それで……話が公《おおやけ》になったのですね」

母親に引きずられるように、アデラインも床に手をついた。

「そうだ。皇国の皇帝陛下は婚姻には反対されている。しかし議会の面々は婚姻を認めることを前向きに考えているらしい」

皇国側にしてみれば、自国の娘をルードサクシード王国の王妃に据《す》えることができる絶好の機会だ。しかし皇帝が婚姻に反意を示しているということは、どこの国もそうであるように、皇国内部にも権力者達の駆《か》け引《ひ》きがあるのだろう。

「聞けば相手は身分低い婦人だという。我《わ》がルードサクシード王国の王家にそのような者を、しかも皇国の人間を入れるなど言語道断！」

娘から目を逸《そ》らしていたファニアスは、突然声を荒《あら》らげると、妻を押しのけるようにしてアデラインの両肩《りょうかた》を強く摑《つか》んだ。

「アデラインよく聞きなさい！　ルードサクシードの王妃になるのはそなただ！　亡《な》くなられたアルバカーキ先王陛下がお決めになられたのだ！　そなた以上に王妃に相応しい娘はおらん！」

「お父様……」

普段《ふだん》冷静な父ファニアスのあまりに感情的な口振《くちぶ》りに、アデラインは事の重大さを改めて認識《にんしき》した。

「たとえルトヴィアス殿下の強いご希望でも、この婚約は決して覆《くつがえ》らん。王妃は国の母だ。ただ国王に愛されればなれるというものではない！　血筋・家系・相応しい教養にふるまい、それらが揃《そろ》ってこそ王妃になれるのだ！」

王妃は国の母。ただ国王に愛されればなれるというものではない。

逆を言えば愛されなくても王妃にはなれるのだ。

迂闊《うかつ》にもアデラインは、それまで気づいていなかった。

アデラインが望むように、ルトヴィアス王子も同じくアデラインとの結婚を望んでくれているわけではないのだと。

アデラインがルトヴィアス王子を慕《した》って胸を熱くするように、ルトヴィアス王子がアデラインを想《おも》ってくれているわけではないことを。

これは政略結婚なのだ。

ルトヴィアス王子がアデラインを選んだわけではない。

血筋・家系・国内の政治均衡《きんこう》を考えた上で『将来の王妃』としてアデラインが指名されただけの話だ。

わかっていたはずだった。けれどアデラインは本当にはわかっていなかった。

手は、もう震えていない。

目頭も、もう乾《かわ》いている。

ただ力が入らない。

肩を掴むファニアスの手の強さに反して、アデラインは腕《うで》をダラリと放置していた。

婚約破棄《はき》を望むルトヴィアス王子に、裏切られた気分で傷ついたのは勘違《かんちが》いだ。裏切るも何も、そもそも王子の心はアデラインのものではない。

「王妃になるのはそなただ、アデライン！」

それはまるで死刑執行《しけいしっこう》の宣言のように聞こえた。

遠い遠いあの日。アデラインの手を包んでくれた美しい手の温《ぬく》もり。

その温かさを、アデラインはもう思い出せない。

第二話　夢物語の終わり

ルトヴィアス王子が見初《みそ》めたのは皇国の近衛騎士団《このえきしだん》の団長の姪《めい》で、彼女本人《かのじょほんにん》も騎士団に籍《せき》を置いているのだという。

美しいだけではなく、語学力に優《すぐ》れ、その細腕《ほそうで》で長剣《ちょうけん》を自在に操《あやつ》る才色兼備《さいしょくけんび》の女性らしい。

「何が才色兼備ですか。どうせその女が色仕掛《いろじか》けでルトヴィアス王子を誘惑《ゆうわく》したに決まっています」

アデラインの母はそう言って、噂《うわさ》の女騎士をこきおろした。

アデラインはというと、ルトヴィアス王子が選んだ女性のことを詳《くわ》しく聞いて、妙《みょう》に納《なっ》得《とく》してしまった。そういう女性がお好みなのか、と。

ろくに話したこともない将来の夫の、好きな食べ物や好ましく思う女性の傾向《けいこう》さえもアデラインは知らなかったのだ。

皇国は女性も帝位《ていい》に就《つ》ける国だ。女性が男性に追従する慣習が根強いルードサクシードや周辺国とは違《ちが》い、貴族議員や領主など社会的に高い地位を有する女性も少なくないという。

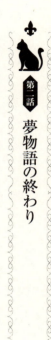

現にルードサクシード宮廷《きゅうてい》を訪《おとず》れる皇国の外交大使は、五十路《いそじ》ながら美しい理知的な女性である。

(きっと殿下《でんか》が見初めた方も、凜《りん》とした魅力《みりょく》をもつ堂々とした方なのでしょうね……)

けれどアデラインはと言えば、美しくもなければ、血筋以外には何の取り柄《え》もない。長剣など手に取ろうとしたこともなかったし、おそらく持ち上げることも難しいだろう。

(私にできるのは、人の顔色を窺《うかが》って無難な話をして無難に頷《うなず》くだけ……)

あまりにも惨《みじ》めで、アデラインは悲しくなった。

ルトヴィアス王子が婚約者《こんやくしや》以外の女性との結婚《けっこん》を望んでいるという醜聞《しゅうぶん》は、あっという間に国内を駆《か》け巡《めぐ》った。

国内世論はアデラインの母と同じように、相手の女騎士がルトヴィアス王子を誘惑したのだと、女騎士を批判する声が多数派だ。幼くして人質《ひとじち》に出されたルトヴィアス王子に、ルードサクシード王国民は同情的だったからだ。

「そもそも皇国は最初からルードサクシード王室に自国の娘《むすめ》を嫁がせる算段だったのではございませんか?」

アデラインを心配して屋敷《やしき》を訪《と》れてくれた友人達《たち》の一人が、そんなことを言った。

アデランは眉《まゆ》をしかめる。

「それはどういうことです?」

「そのままの意味ですわ。皇国はルトヴィアス王子に皇国の娘をあてがって、ルードサクシードを内部から支配しようとしているのです」

「まぁ、怖いこと」

「でもあり得ますわね」

令嬢《れいじよう》達が無責任な推測に頷きあうなかで、アデラインは一人言葉を失っていた。

（殿下は皇国の陰謀《いんぼう》に籠絡《ろうらく》されてしまったということ？）

幼くして皇国に置かれたからこそ、王子は皇国の色に染まってしまったということなのか。そうだとしたら、ルトヴィアス王子が将来のルードサクシード国王たる資格はあるのかと、その素質を問う声が上がり始めるのも時間の問題だ。

アデラインの心配した通り、ルトヴィアス王子に対するルードサクシード宮廷の不信感は高まったが、それでも、ルトヴィアス王子は結婚の意思を曲げなかった。

（それほど深く愛していらっしゃるなんて……）

周囲から反対をされ、政治的信用を失って、それでもルトヴィアス王子はその女騎士への愛を貫《つらぬ》こうとしているのだ。

「譲歩《じようほ》もやむを得ん」

アデラインの父親は、アデラインを自室に呼んでそう言った。

「件《くだん》の婦人を側室にお迎《むか》えしてはどうかと殿下に提案することにした。かまわぬな？」

「……はい」

アデラインには、もう頷く以外の選択肢《せんたくし》がなかった。

しかし最終的に、事態は思わぬ形で幕を閉じることになる。

当の女騎士が自ら修道院に入り、ルトヴィアス王子との関係を断《た》ち切《き》ったのだ。

「ようやく己《おのれ》の罪に恥《は》じいったようね」

知らせを受けたアデラインの母親は、安心したように紅茶が注がれた茶杯に口をつける。

アデライン自身は、喜ぶにも喜べず、複雑な思いで視線を落とした。

(修道院に行くべきなのは私の方なのではないかしら……)

そうすればルトヴィアス王子が女騎士を娶《めと》るための障害は一つ減る。女騎士の身分が低くとも、そこは皇国の高位貴族の養女になれば体裁《ていさい》は整えられるだろう。

(正妃《せいひ》が無理でも側室として王室に入れば……)

才色兼備の女性だというから時間をかければ周りの理解を得るのは難しくないはずだ。やがては王妃《おうひ》になるのも夢ではない。

けれど件の女騎士は、愛する人も、騎士の称号《しょうごう》もすべて捨てて修道院に入った。何て潔《いさぎよ》いことだろう。

(それに比べて私は……)

愛されるどころか、気にとめられてさえいないのに、それでも『婚約者』という身分に必死にしがみついている。

ルトヴィアス王子との僅《わず》かな繋《つな》がりを後生大事に握《にぎ》り締める自分が情けなくて、アデラインの心は鬱々《うつうつ》と沈《しず》んだ。

こうして、世紀の大醜聞とまで言われ聖ティランアジール・ルードサクシード両国を騒《さわ》がせた事件は、やがて徐々《じょじょ》に収束していった。

けれど、何もかも元通りとはいかないことにアデラインが気づいたのは、しばらくしてからだった。

「ごきげんよう、ハーデヴィヒ様」

久しぶりに出席した知人のお茶会で、アデラインは仲が良い友人を見つけて挨拶《あいさつ》をした。

アデラインとは違って赤い髪《かみ》も鮮《あざ》やかな美しいその友人は、アデラインを振《ふ》り向《む》くとにっこりと艶《あで》やかに微笑《ほほえ》んだ。

「まぁ、ごきげんよう、アデライン様」

「お久しぶりですね。お元気でした？」

「私にそんなお気遣《きづか》いは無用ですのよ、アデライン様」

「え？」

突然《とつぜん》、ハーデヴィヒの美しい瞳《ひとみ》がいつものように輝《かがや》くのが、何故《なぜ》か妙に恐《おそ》ろしく思えて、アデラインは一歩退いた。そんなアデラインを更《さら》に追いつめるように、ハーデヴィヒが一歩を踏《ふ》みこんでくる。

「私に話しかけないで、と申し上げているのがわかりません？　本当に愚図《ぐず》なお方」

明らかな侮蔑《ぶべつ》の言葉に、アデラインは固まった。ハーデヴィヒはそんなアデラインを鼻で笑って見下すと、わざと肩《かた》にぶつかって去っていく。

よろめいたアデラインは、その場に手と膝《ひざ》をついた。

（な……に？）

明るくて楽しいハーデヴィヒの話を聞くのが、アデラインは大好きだった。ハーデヴィヒもアデラインにいつも親切で、ドレスや化粧《けしょう》、髪形《かみがた》の流行をよく教えてくれた。こんなふうにあしらわれるのは初めてだ。

（私……何かしてしまったのかしら……）

ハーデヴィヒの言う通り、アデラインは自分の行動が人より遅《おそ》いことを自覚していた。おしゃべりも聞き役が多いし、緊張《きんちょう》すると言葉に詰《つ》まる。自分では気づかないうちに、ハーデヴィヒの気に障《さわ》ることをしたのかもしれない。

「みっともないわ」

くすくす、と囁《ささや》く声に、アデラインは顔を上げた。すると、数人の令嬢達が顔を背《そむ》ける。

（どうして？）

彼女達《かのじょたち》も、アデラインと仲良くしてくれていた友人だ。ついこの間もアデラインの屋敷を訪れて、婚約解消騒ぎでアデラインが傷ついていないかと心配してくれたのに。

ひそひそと、また別の場所にいた令嬢達が囁く。

「あれでは王子に捨てられても仕方がないわよね」

「そりゃあ、王子殿下だって男ですもの。政略的に決められた婚約者より、華《はな》やかで美しい女騎士を選びたくなるのも無理ないわ」

自分が蔑《さげす》まれているのだと、アデラインはようやく悟《さと》った。

「王子もお気の毒だ。名家の娘とはいえ、あんな地味な女を妻にしなければならないなんて」

「本当に、同情するよ」

ひそやかな笑い声。足が震《ふる》えて、アデラインは立ち上がれない。

老若男女《ろうにゃくなんにょ》問わず、その場にいる全員が自分を嗤《わら》っているような気がする。――夢から覚めたのだと、アデラインは理解した。

優《やさ》しい人々に祝福され、美しく優しい王子と幸せな結婚をする。そうなるであろうと、ずっと思っていた。けれど、それは夢に過ぎなかったのだ。今までアデラインが生きていたアデラインに優しい世界は、すべて夢だったのだ。

鋭《するど》く冷たい人々の嘲笑《ちょうしょう》に、アデラインは怯《おび》えて震えるしかなかった。

それから三年。

聖暦一一八五年。

第三話　宰相令嬢の憂鬱な朝

「お嬢様《じょうさま》、お嬢様！　起きてくださいまし」

「……もう起きてるわ。ミレー」

アデラインが寝台《しんだい》の中から応えると、天幕が一気に開けられた。眩《まぶ》しさにアデラインは眉《まゆ》をひそめる。

「ミレー。眩しいわ……」

「朝でございますからね。明るいのは当たり前でございます」

アデライン専属の侍女《じじょ》のミレーは、アデラインよりもアデラインの母の年に近い。アデラインが生まれた時から側に仕えており、それもあってかアデラインにやや遠慮《えんりょ》がない。信頼《しんらい》のおける姉のような存在ではあるが、この無遠慮《ぶえんりょ》さが、思春期を迎《むか》えた頃《ころ》からアデラインには悩《なや》みの種だ。

アデラインはため息《いき》を一つつくと、のろのろと起き上がった。

寝間着からのぞく肩《かた》も腕《うで》も細く、女性的な色香《いろか》は乏《とぼ》しい。

白い小さな顔に、やはり小さな黒い目と唇《くちびる》。

腰《こし》にまで届くたっぷりとした豊かな栗色《くりいろ》の髪《かみ》。

もうすぐ、アデラインは十八歳《さい》になる。

豪奢《ごうしゃ》な寝台の上で絹の寝間着に包まれながら、しかしその様子はまるで捨てられた子犬のような風情《ふぜい》だ。

「私、嫌《いや》な予感がするわ」

ぼそぼそ、と唇を動かした。

蚊《か》のなくようなその声を、侍女は聞《き》き逃《のが》さなかった。

「お嬢様？」

「ドレスの裾《すそ》を踏《ふ》んで泥水《どろみず》の中に転ぶとか、蜂《はち》に刺《さ》されて顔が満月みたいに膨《ふく》らむとか……」

恐《おそ》ろしい想像に、アデラインはブルッと震《ふる》え上《あ》がった。

「笑い者になるわ。絶対そうなる気がする！」

アデラインは掛布の中に逃《に》げるように潜《もぐ》りこむと、頭からしっかりかぶった。

大きなため息をついたのは、今度はミレーだった。

「何を言ってらっしゃるんです。ほら起きて！　顔を洗ってお召《め》し替《か》えを！」

ミレーは掛布を引《ひ》き剥《は》がそうと強引《ごういん》に引っ張ったが、アデラインも負けじとしがみつく。

「私やっぱり今日は一日寝《ね》てる！　お願いミレー！　私は熱があるから今日は行けないってお父様に言ってきて！」

「そんなことできるわけございません！」

ぐぐっと、両端《りようたん》を引っ張られ、掛布はまるで綱引《つなひ》きの綱《つな》のようだ。

「お願いお願いミレー！　一生のお願い！」

「できません！」

軍配はミレーに上がり、まるで網《あみ》にかかった魚のようにアデラインは掛布と一緒《いつしよ》に寝台の上に投げ出された。

本より重い物を持ったことがないアデラインと、水仕事から給仕《きゆうじ》までこなす体力自慢《じまん》のミレーでは、勝負の行方《ゆくえ》は初めから決まっていたようなものだ。

「昨日も一昨日もその前もそのまた前も、ドレスの裾を踏んで転ばれることはございませんでしたし、ここ十日ばかり晴天続きですので泥水の水たまりなどありません！　このあたりは涼《すず》しゅうございますので、蜂が飛び回り始めるにはまだ季節が早《はよ》うございます！　よって刺される心配は無用です!!」

「でも、だって」

涙声《なみだごえ》のアデラインに、けれどミレーは容赦《ようしや》なかった。

「でももだってもございません！　皇国に留学なさっていたルトヴィアス王子殿下《でんか》が十年ぶりに戻《もど》られるのです！　婚約者《こんやくしや》のお嬢様がお出迎《でむか》えなさらないでどうするのですか！」

ぐうの音も出ない正論の前に、アデラインは肩を落とした。

留学の名目で人質《ひとじち》にされていた王子が、当初の『成人まで』という皇国との約束通り、ようやく帰国するのだ。

王子は帰国の四ヶ月後に立太子することが決まっており、立太子のすぐ翌日には、アデラインと婚礼《こんれい》を挙げることになっている。

病身の国王に王太子の不在と、不安を抱《かか》えていたルードサクシード王国民は、これでやっと安心できると胸をなで下ろし、そして、戦後初めてにして最大の国の慶事《けいじ》を楽しみにしていた。

たとえ高熱があったとしても、婚約者のアデラインが帰国する王子を出迎えないわけにはいかないだろう。

「さぁさ、顔を洗ってくださいまし。早くしませんと朝食を食べ損《そこ》ねますよ」

更《さら》に促《うなが》しても寝台で半べそ状態のアデラインが哀《あわ》れに見えたのか、ミレーはアデラインの隣《となり》に座《すわ》ると、その背に手を回した。

「道が悪くても大丈夫《だいじょうぶ》なように、今日は履《は》き慣れた靴《くつ》をご用意しましょうね。それから虫除《むしよ》けのハーブを花帽の内側に縫《ぬ》いつけておきましょう。他に何か心配がございますか？」

「……馬車に酔《よ》って吐《は》かないかしら」

「それならお手持ちの小袋《こぶくろ》に薄荷飴《はっかあめ》を入れておきます。酔った時にお舐《な》めください」

「……」

「お嬢様」

「……わかったわ。起きます」

背中に伝わるミレーの手の温かさに励《はげ》まされ、アデラインは力なく頷《うなず》くと、ようやく寝台から降りた。顔を洗い、ミレーに手伝ってもらいながら亜麻色《あまいろ》のドレスに袖《そで》を通す。

「もっと他のお色のお召《め》し物《もの》にしたらどうです？　他家のご令嬢はここぞとばかりに着飾《きかざ》ってきますのに……」

「いいの」

短く言い切るアデラインに、ミレーはもう何も言わなかった。

ルトヴィアス王子が国境を越《こ》えるのは昼過ぎだ。それに立ち会うために数日前からアデラインは国境近くの領主が所有するこの屋敷《やしき》に宿泊《しゆくはく》している。

ルトヴィアス王子を出迎えるため、宮廷騎士団《きゆうていきしだん》をはじめ多くの貴族が集まり、更にその従者や馬車で溢《あふ》れ返った国境近くの街は、ちょっとした祭りのようになっていた。

明るい人々の表情とはうってかわって、アデラインは陰鬱《いんうつ》な深いため息をこぼす。

三年前の婚約解消騒動《そうどう》以来、自分の立ち位置をアデラインは見失っていた。他の女性と結婚《けつこん》するために、王子に捨てられかけた婚約者。公衆の面前で指を差されて『愛してない』と喚《わめ》かれたも同然だ。『王子の婚約者』として公務をこなしても、陰《かげ》で『名ばかりの……』と囁《ささや》かれていることは知っている。

名ばかりだろうと正式な婚約者であることに違《ちが》いはないのだから、開き直って堂々とすればよいとは思うのだが、アデラインにはそれができなかった。人前でおどおどすることが多くなり、最近では公務も満足にこなせない。その上、ルトヴィアス王子本人を目の前にしたら、自分はいったいどうなってしまうのか、アデラインは想像するのも恐ろしかった。

「髪はどういたしましょう、お嬢様」

「……いつもと同じようにして」

「……かしこまりました」

ミレーがアデラインの豊かなブルネットを丁寧《ていねい》にすいて、頭の後ろで一本の三つ編みを編み始めた。鏡の中の地味な自分の顔を、アデラインはぼんやりと見やる。

化粧《けしょう》を施《ほどこ》して、ようやく人並み程度に見られる顔。

この鼻がもう少し高かったら、この睫毛《まつげ》がもう少し長かったら、目がせめてルトヴィアス王子のような綺麗《きれい》な翡翠色《ひすいいろ》だったら……。

そうすればルトヴィアス王子も、もう少しアデラインに関心をもってくれたかもしれない。婚約解消をするにしても、一言謝罪をくれたかもしれない。そうしたら心の整理もつきそうなものだ。

騒動後、ルトヴィアス王子からは謝罪どころか個人的な便りは一度もない。

手紙などは皇国に制限されていたので仕方がないのかもしれないが、大使が定期的に皇国とルードサクシードを行き来しているのだから、言付けくらいしてくれてもよかったのではないか。

(殿下は、政略結婚の相手に、そんな気遣《きづか》いは無用だと思っているのかもしれないわね)

婚約解消騒動については、もうすべては終わったことだ。何事もなかったふりをするしかない。いつまでも引きずって謝罪を要求するような女など、ルトヴィアス王子はきっと煩《わずら》わしく思うだろう。

それに、そんなことを言えば、アデラインがルトヴィアス王子を想《おも》っていると、告白するようなものではないか。

政略的な婚約なのに、アデラインだけが一方的に王子を慕《した》っていると当のルトヴィアス王子に知られるのは、あまりに恥《は》ずかしく惨《みじ》めすぎる。

アデラインは、鏡の中にゆるゆると笑いかけた。

「ミレー」

「はい、お嬢様」

「私、ちゃんと笑えてる？」

正妻の妾《めかけ》への嫉妬《しっと》は、はしたないこととされている。何事も知らぬふりで、ゆったりと微笑《ほほえ》むのが貴婦人のたしなみ。

「はい。とてもお綺麗です」

ミレーは手を止めて、深く頷き返してくれた。

「……ありがとう」

人に名ばかりの妻と嘲《あざけ》られ、それが聞こえぬふりをして微笑むなんて、まるで道化《どうけ》だ。

せめてミレーの言う通り、本当に美しくありたかった。そうであれば『婚約者があれでは、婚約解消もしたくなる』と、密《ひそ》かに頷く人もいなかっただろうに。

身支度《みじたく》が終わり、朝食もすませ、アデラインはいよいよ国境に向けた馬車に乗《の》りこんだ。

「行ってらっしゃいませ、お嬢様」

「行ってきます……」

ミレーが渡《わた》してくれた手提《てさ》げの小袋には、油紙に包まれた薄荷飴がキチンと入っていた。花帽の折《お》り込《こ》みにも、虫除けのハーブが縫《ぬ》いつけられている。限られた時間の中で、予定外の仕事にもきっちり対応してくれる侍女に、アデラインは感謝した。そして侍女を忙《いそが》しくさせているだろう自分を情けなく思う。

ガタガタと揺《ゆ》れる馬車の中で、アデラインはその日何度目か、もはやわからないため息をついた。

第四話 再会

昼過ぎと言われていたルトヴィアス王子の到着《とうちゃく》を待って、国境では騎士団《きしだん》が隊列を組んで並んでいる。

アデライン達《たち》貴族は、そこより少し離《はな》れて、それぞれ日除《ひよ》けの大傘《おおがさ》の下で休んでいた。日差しはやや強いが、風が出てきたので過ごしやすい。

「少し遅《おく》れているな」

アデラインの隣《となり》で、父のファニアスが懐中時計《かいちゅうどけい》を確認《かくにん》しながら、小さく呟《つぶや》いた。アデラインは父を見上げた。

「お父様、お座《すわ》りになったらいかがです？　やっと正午を回ったところですもの。お昼過ぎというのは目安でしょう？」

「それはそうだが……」

ファニアスは懐中時計を上衣の内側にしまったが、またすぐに出して時間を確認する。そわそわとアデラインの周りを歩き回り、実に落ち着きがない。騎士団の旗がバタバタと音をたててたなびいている。アデラインは花帽《かぼう》が飛ばされないように、そっと手で押さえた。

（このまま風が嵐《あらし》を呼ばないかしら）

そうすればきっと王子の到着は遅れるだろう。往生際《おうじょうぎわ》が悪いとは自覚しつつも、王子との対面が憂鬱《ゆううつ》で仕方ないのだ。

そんなアデラインの周りには多くの貴族がひしめきあっていた。若い女性が目立つのは、ルトヴィアス王子の目にとまることを期待して、多くの貴族が娘《むすめ》を同伴《どうはん》したからだろう。名のある貴族の多くは自らの娘をルトヴィアス王子の側室にと、宝石を磨《みが》くように野望を育てている。アデラインごときでは、結婚《けっこん》したところでルトヴィアス王子を満足させられはしないだろうというのが、大方の貴族達の考えだ。

アデラインにしても、その考えはまったくだと思う。ルトヴィアス王子はきっとすぐに美しい側室を迎《むか》えるだろう。アデラインにそれをとやかく言う権利はない。

その時、強い横風が吹《ふ》いて、あちこちで小さな悲鳴が上がった。

「花帽が！」

アデラインが気づいた時には、ミレーがハーブを縫《ぬ》いつけてくれた花帽は天高く舞《ま》い上《あ》がっていた。アデラインの他にも、幾人《いくにん》かが持ち物を飛ばされたり、日除けの大傘が倒《たお》れたりして慌《あわ》てているところもある。

アデラインの花帽は、その大傘が倒れた向こうに弧《こ》を描《えが》いて落ちていく。アデラインはその行方《ゆくえ》を目で追いかけながら、椅子《いす》から立ち上がった。

ファニアスが娘を振《ふ》り返《かえ》る。

「アデライン？」

「花帽を取ってきます」

「誰《だれ》かに行かせなさい」

「大丈夫《だいじょうぶ》よ、すぐそこだもの」

侍従《じじゅう》を呼ぼうとするファニアスにかまわず、アデラインは花帽を追いかけた。

いったい花帽はどこまで飛ばされたのか。

少し身を屈《かが》ませ探していると、くすくすと小さな笑い声が聞こえた。

「ねえ、アデライン様よ。這《は》いつくばって何してらっしゃるのかしら」

「王子殿下《でんか》をお出迎《でむか》えするっていうのに、相変わらず辛気臭《しんきくさ》い装《よそお》いよね」

「侍女《じじょ》でももう少しまともなドレスを着るわ」

振り返ると、流行《はや》りの縦縞《たてじま》模様の鮮《あざ》やかなドレスに身を包んだ令嬢《れいじょう》が数人、少し離れたところに固まっていた。アデラインと目が合っても、悪びれる素振《そぶ》りさえせずに意地悪く笑っている彼女達《かのじょたち》は、いずれも名家の令嬢で、華《はな》やかで美しい。

きっと王子の側室に選ばれるのは彼女達のような娘だろう。

彼女達は、元はアデラインの親しい『友人』だった。いや、友人と思っていたのはアデラインの方だけだったのだろう。彼女達は、ただ自家の繁栄《はんえい》のため、または自らの良縁《りょうえん》のために、内心ではアデラインを見下し馬鹿《ばか》にしながらも、友人のふりをしていただけだったのだ。アデラインに友情を感じて親しくしてくれたわけでは、決してない。

そして、たとえ未来の王妃《おうひ》であっても、夫たる王子に捨てられかけるようであっては、『お友達』を装ったところで何の得にもなるまいと、アデラインを見限ったのだ。そんなことだとは思いもよらず、彼女達を友人だと信じ、そして彼女達が離れていったことに傷つく自分の何と愚《おろ》かしいことか……。

「見て。花帽を飛ばされたみたいよ。恥《は》ずかしい」

「あの髪形《かみがた》。まるで田舎《いなか》娘よ」

アデラインは顔を伏《ふ》せると、足早に嘲笑《ちょうしょう》から逃《に》げ出《だ》した。

名家の令嬢なら、宝石を縫いつけたり金で縁取《ふちど》ったりと花帽に意匠《いしょう》をこらすので、花帽は重く、風に飛ばされるなどまずあり得ない。花帽を風に飛ばされるということは、花帽が軽い、つまり花帽を飾《かざ》り立《た》てる財力がないということでもあり、そういう意味でも女性にとっては恥ずかしいことなのだ。勿論《もちろん》、マルセリオ家には十分な財力がある。問題はアデラインの方だ。

甘《あま》ったるい香水《こうすい》の匂《にお》いがしないほどに離れてから、アデラインはほっと息をつく。

そして自らの姿を見下ろした。

『侍女でももう少しまともなドレスを着るわ』

確かに、亜麻色《あまいろ》のドレスは地味を通り越して、もはや年寄り臭い。ドレスと同じ生地《きじ》で仕立てた花帽も、刺繍《ししゅう》も飾《かざ》りもなく、もはや『花帽』とは呼べないほど華やかさに欠けている。

ない。

（そうね、私はこれでいいの）

　アデラインが首を振ると、頭の後ろで一つに編んで垂らしただけの栗色《くりいろ》の髪《かみ》が揺《ゆ》れた。せっかく美しい髪なのだからとミレーは飾《かざ》りつけたがるが、アデラインは決してそれを許さない。

　女性は結婚すると花帽に垂布《たれぬの》をつけ、髪を花帽の中に結《ゆ》い上《あ》げるのがならわしだ。そのため、凝った髪形を楽しめるのは未婚《みこん》の若い娘だけの特権であり、他家の令嬢はドレスや花帽以上に髪形に力を入れていた。編《あ》みこんだり、香油《こうゆ》を使って髪を波立たせ、真珠《しんじゅ》や花を散らしたり。

　アデラインも、以前はそうしていた。艶《つや》のある栗色の髪を、アデラインは自分の容姿の中で一番、そして唯一《ゆいいつ》気に入っていたのだ。けれど『宝の持《も》ち腐《ぐさ》れだ』と囁《ささや》かれるのを聞いて以来、アデラインにとって美しい髪は地味な顔と同じくらい疎《うと》ましいものになってしまった。

　装うことを一切《いっさい》しなくなった娘に、父のファニアスはいつもため息《いき》をつく。

　ファニアスの言いたいことはわかっている。マルセリオ家と王家の権威《けんい》を示すためにも、アデラインはそれなりの装いをしなければならない。

（でも、無駄《むだ》だもの……）

昔は、アデラインも足掻《あが》いた。権威はともかく、ルトヴィアス王子に少しでも釣り合《つりあ》いたいと、流行のデザインを取り入れたり、髪のために香油を取り寄せたり、あれこれとしたものだ。けれど、もともとそういったセンスに乏《とぼ》しかったのだろう。最先端《さいせんたん》のドレスを着てもどこか浮《う》いて見え、髪形も凝《こ》れば凝るほど顔の地味さを強調してしまった。

そしてそこへルトヴィアス王子との婚約《こんやく》解消騒動《そうどう》。周囲の態度が変わり、そしてアデラインも変わった。

鏡から、自分から、現実から目を背《そむ》けた。

どんなに着飾《きかざ》ったところで、アデラインの地味な顔が美しくなるわけでもない。必死に着飾ったところで、今度はきっと『悪足掻き』と嗤《わら》われるに決まっている。

地味でいい。目立たなくていい。いっそ侍女のドレスを着てしまえば令嬢達に見つかることもないかもしれない。

とにかく目立たないこと。それが、アデラインが自分を守るただ一つの方法だった。

背後で騎士団のラッパが高らかに鳴った。

人々がざわついて、次々と椅子から立ち上がる。ルトヴィアス王子が到着したのだ。

アデラインは青ざめた。何て間が悪いのだろう。

アデラインは慌てて花帽を探した。落ちたと目算した場所の近くの茂《しげ》みに、それを見つけて拾うと、大急ぎで父親のもとに戻《もど》ろうとする。しかし移動を始めた人々に阻《はば》まれ、なかなか前に進めない。無理矢理進むこともできず、人混みの間を縫《ぬ》うようにして、ようやく王子が乗っているらしい馬車が見える所までたどり着いた。

馬車を護衛していたらしい皇国の騎士達は、既に馬を下りて整列している。

本来なら馬車から降りる王子を、宰相《さいしょう》である父の隣で一番に出迎えるべきであるのに、アデラインにはこれ以上進むことは不可能だった。アデラインは、がっくりと肩《かた》を落とす。

(どうしよう……お父様にお叱《しか》りを受けるわ)

まさか帰国した王子を出迎え損ねるとは。何て失態を犯《おか》してしまったのだろう。

宮廷《きゅうてい》ではまた色々と噂《うわさ》されるだろうし、何よりルトヴィアス王子は、出迎えなかった婚約者をきっと不快に思うだろう。

(ただでさえ疎まれているかもしれないのに、その上出迎えさえしない無礼な女と思われたら……)

花帽ではなく、アデライン自身が空の彼方《かなた》に飛んでいきたい気分だ。見えない風を、アデラインは恨《うら》みがましく睨《にら》みつけた。

「剣《けん》を捧《ささ》げよ！」

ルードサクシードの騎士団長のかけ声と同時に、ルードサクシードの騎士のみならず、皇国の騎士達も一斉《いっせい》に剣を地に立て、軍靴《ぐんか》を鳴らして跪《ひざまず》いた。

それを合図にしたように、人垣《ひとがき》が前方から波が広がるように次々と折れて、頭を垂れる。

アデラインも観念して、その場で膝《ひざ》を折った。

ガチャリ、と御者《ぎょしゃ》が馬車の扉《とびら》を開ける。静まり返った場で、馬車の踏《ふ》み台《だい》を降りる靴音《くつおと》だけが響《ひび》いた。

靴音は迷うことなく歩を進め、国境を、越《こ》える。

父のファニアスの声が聞こえた。場が静かなせいか、だいぶ離れているのにおかえりなさいませ、と言っているのがわかる。そして……。


「留守中苦労をかけました」


落ち着いた、低い、成人男性の声。

アデラインは震《ふる》えた。

アデラインが知るルトヴィアス王子の声は、高い、少女のような声だった。今更《いまさら》ながら、ルトヴィアス王子にもアデラインと同じく十年という年月が流れたのだと実感する。

「出迎え、礼を言います。どうぞ立ってください」

許され、人々は立ち上がる。首を上げ、帰国した未来の主君を仰《あお》ぎ見《み》て、――息をのんだ。

王子の母親は、ルードサクシードの宝石と謳《うた》われた。大陸で最も美しい王妃だ、と人々はその美貌《びぼう》を賞賛し、彼女《かのじょ》が産んだただ一人の王子も、母によく似た美しい顔を、幼い頃《ころ》から讃《たた》えられた。

そして、十年の時を経て、王子は故国に帰ってきた。あまりにも美しい青年となって。

母から受《う》け継《つ》いだ端正《たんせい》な顔立ちはそのままに、成人男性らしい逞《たくま》しさと若々しさを兼《か》ね備《そな》えて、その美しさは壮絶《そうぜつ》ですらあった。

強い風に青碧色《せいへきしよく》の外套《がいとう》が翻《ひるがえ》る様が、あまりに美しく、凛々《りり》しい。

アデラインは、体の前で両手を組み合わせ、痛いほど握《にぎ》り締《し》めた。呼吸が止まりそうな感覚には覚えがある。爪先《つまさき》から全身に駆《か》け抜《ぬ》ける痺《しび》れ。それらがアデラインの胸を叩《たた》くのを、アデラインは俯くことで必死に無視した。

ルトヴィアス王子は、皇国の責任者と言葉を交《か》わしているようだった。この後ルードサクシード王家専用の馬車へ乗《の》りこみ、今夜の宿泊先《しゆくはくさき》である屋敷《やしき》に移動する予定だ。アデラインが数日前から泊《と》まっている屋敷である。

しかし、いっこうに馬車が動き出す気配がない。何か不備でもあったのだろうかと、おそるおそる、アデラインは窺《うかが》った。ルトヴィアス王子は周囲を少し見回して、それからアデラインの父のファニアスに何か尋《たず》ねている。何を話しているのかは、アデラインにはまったく聞こえない。

ファニアスとの会話が終わると、ルトヴィアス王子は今度は人々の顔を見渡《みわた》し始めた。

誰かを探している様子だ。いったい誰を探しているのだろう。

ルトヴィアス王子の目が、順々に出迎えの人々を確認する。そして遂《つい》にアデラインの顔を見ると、その表情が少し揺れた。

（……え？）

アデラインは息をのんだ。

（まさか私を探しているなんて……それとも私の後ろに誰かいるの？）

念《ねん》のためアデラインは背後の人物を確認したが、そこにいたのは、宰相ほどの年齢《ねんれい》のどこかの家の侍従であるようだ。ルトヴィアス王子と面識があるとは思えない。

（本当に私を探していたの？）

十年前に一度会っただけのアデラインの顔を、ルトヴィアス王子が覚えているとは思えなかった。けれどルトヴィアス王子は歩を進めている――アデラインに向かって。

王子が誰を探し、そして見つけたのか興味をもった人々が、王子に道を空けながら、その先にアデラインを見つけて意外そうな顔をする。けれど一番驚《おどろ》いているのはアデライン本人だ。

王子が自分のもとへ歩いてくる。誰かと間違《まちが》っているのだとしても、長い睫毛《まつげ》に縁取られた宝石のような翡翠色の瞳《ひとみ》が、今この瞬間《しゅんかん》、アデラインの小さな黒い目をまっすぐに捉《とら》えていることには間違いない。

人々の注目が集まる。

逃げ出したいのに、足は震えていうことをきかない。

何故《なぜ》、王子が自らのもとへ来るのかアデラインにはさっぱりわからなかった。

親が決めた、政略的な婚約者だ。恋《こい》のために、一度は捨てようとした女だ。それでも、まがりなりにも婚約者であるアデラインを気遣《きづか》ってくれるのだろうか。

そうだとしても、アデラインは戸惑《とまど》わずにはいられない。

「アデライン……ですよね？　久しぶりですね」

確かめるように、ルトヴィアス王子はアデラインの名を呼んだ。そして黄金比に整った美しい顔を、柔《やわ》らかく綻《ほころ》ばす。

初めて会った日も、十歳《さい》の王子はこんなふうに、アデラインの名を呼んだ。そして八歳のアデラインは返事どころか、瞬《まばた》きさえできなかったのだ。今のアデラインと同じように。

頰《ほお》を、スルリと涙《なみだ》が流れた。

「……アデライン？」

ルトヴィアス王子は困惑《こんわく》し、アデラインの顔をのぞきこんだ。

「泣いているんですか？」

アデラインの瞳から、涙が後から後から溢《あふ》れ、こぼれた。

名前を呼ばれた。ただそれだけのことが、どうしようもなく嬉《うれ》しい。

どんな顔で出迎えればいいのかと、悩《なや》んで落《お》ちこんで、できれば逃げ出したいとまで思っていたのに。

立場や、矜持《きょうじ》や、そんなものをすべて削《そ》ぎ落としてしまえば、残るのは純粋《じゅんすい》な思慕《しぼ》だけだった。

ルードサクシード宮廷の主だった貴族の面々が立《た》ち竦《すく》むなかで、ルトヴィアス王子に恋をする十七歳の少女が、ただそこで、再会の歓喜《かんき》に泣いていた。

第五話　初恋の残骸

「——私の婚約者《こんやくしゃ》は、私の帰りを泣くほど喜んでくれているようです」

自分に向けられたものにしては、やや不自然な言い回しであるその言葉に、アデラインは自分が置かれた状況《じょうきょう》をやっと思い出した。

留学から帰った王子を出迎《でむか》える貴族の面々とその従者達《たち》。そしてそれを見物しに来た付近に住む多くの住民。そのすべての注目が、今アデラインとルトヴィアス王子に注がれている。ルトヴィアスの言葉は、彼《かれ》らに向けて言われたものなのだ。

再会の喜びも、涙《なみだ》も、一気に吹っ飛んだ。

「あ……あの……」

状況をどう収拾《しゅうしゅう》したらいいかわからず、アデラインは慌《あわ》てふためいた。

人目も憚《はばか》らず泣くなど、王子殿下《でんか》の前で何という醜態《しゅうたい》を晒《さら》してしまったのだろう。

（だ、だって……）

混乱するアデラインは誰《だれ》にともなく言い訳をする。

（まさか殿下がこんなに優《やさ》しく笑いかけてくれるなんて、夢にも思わなかったんだもの！）

だから思わず泣いてしまったが、泣いている娘《むすめ》の扱《あつか》いにさぞかし王子は苦慮《くりょ》していることだろう。しかも、興味津々《きょうみしんしん》の衆人環視《かんし》に晒されて不快に思っているに違《ちが》いない。

「もっ……申し訳ございません。わ、私、きゃっ」

ぶわっと、体が浮《う》き上《あ》がる感覚。

どこからともなく、若い婦人の黄色い声が交差した。

「……え」

視線の高さがいつもと違うのは何故《なぜ》だろう。

「マルセリオ、アデラインは私の馬車に乗せますが、かまいませんね？」

輝《かがや》くような微笑《ほほえ》みが、アデラインが見上げるすぐそこにあるのは何故だろう。

アデラインは今度こそ、状況が把握《はあく》できない。

ルトヴィアス王子の背後に控《ひか》えるように立っていた父のファニアスの頬《ほお》を、異常な量の汗《あせ》が滴《したた》り落《お》ちていた。

「し、しかし殿下のお手を煩《わずら》わせては……」

「心配は無用です。アデラインは蝶《ちょう》のように軽いですから」

アデラインはようやく自らの置かれた状況を理解した。

「で、殿下っ！」

思わず上擦《うわず》った声を上げる。

「殿下！　わ、私歩けます！　歩きます！」

けれどその体はルトヴィアス王子の両腕《りょううで》に抱《かか》え上《あ》げられたまま移動している。

「殿下っ！　私……！」

「じっとして、つかまっていなさい」

耳元で囁《ささや》かれた美声に、アデラインは瞬時《しゅんじ》に沸騰《ふっとう》する。

王子はアデラインを下ろすつもりはないようだった。

強引《ごういん》に下りることもできず、かと言って、言われるがままに、王子の首に手を回すこともできず、アデラインは不自然に固まったまま王子に運搬《うんぱん》される。

まっすぐ前を見据《みす》えて歩く王子の、その横顔が眩《まぶ》しすぎて直視できない。

(私、きっと林檎《りんご》より赤い顔をしているわ)

自らの顔を、アデラインは持っていた小さな手提《てさ》げ袋《ぶくろ》で必死に隠《かく》した。

(ああ！　口から心臓が飛び出しそう！)

御者《ぎょしゃ》が、恭《うやうや》しく頭を垂れて馬車の扉《とびら》を開けた。王子は長身を屈《かが》めるとようやくアデラインを地に下ろし、その手をとって背後を振《ふ》り返《かえ》った。

「では王宮で」

ルトヴィアス王子は出迎えた人々に穏《おだ》やかに微笑むと踵《きびす》を返《かえ》し、手でアデラインに先に馬車に乗るよう促《うなが》した。拒否《きょひ》などできるわけもなく、アデラインは見守る衆人から逃《に》げるように馬車に乗《の》りこむ。次いでルトヴィアス王子が乗りこみ、扉が閉まった。そうして、ややあってから馬車はゆっくり動き出す。

衆人の無遠慮《ぶえんりょ》な視線から解放され、ほっとしたのも束《つか》の間《ま》、ルトヴィアス王子と二人きりの狭《せま》い空間である。アデラインの紅潮していた顔は、一転して青ざめた。

ガタガタ揺《ゆ》れる車内で、向かいあって座《すわ》ったまま、王子は何も話さない。アデラインに、王子の表情を窺《うかが》う勇気の持ち合わせがあるはずもなく、顔さえ上げられず、体は硬直《こうちょく》して、まったく予想していなかった状況に恐《おそ》れおののくばかりだ。

俯《うつむ》いたまま、アデラインはオロオロと考えを巡《めぐ》らす。

（わ、私……あんなふうに泣くなんて）

公衆の面前で泣くなど、公人としてはあり得ない。アデラインはやがて王妃《おうひ》になる身として、とんでもない失敗をした。そしてその尻拭《しりぬぐ》いを、王子にさせてしまったのだ。

王子は無言で、どう考えても上機嫌《じょうきげん》ではない。きっとアデラインを面倒《めんどう》な娘と思っただろう。

（謝《あやま》らなきゃ！　で、でも何から謝れば……）

混乱状態のアデラインの脳みそは、もはや収拾がつかなくなっていた。

泣いてしまったことから謝ろうか。それとも貴重な労力を使わせたことからの方がいいだろうか。

「アデライン」

そもそも自分などが婚約者でよかったのだろうか。けれどそれはアデラインが生まれる前に前王と宰相《さいしょう》である父との間で決められたことだ。

「アデライン？」

むしろ生まれてきたことを謝罪すべきなのかもしれない。生まれてきて申し訳……。

「俺《おれ》を無視するとはいい度胸だな、お前」

暴走した思考が、ピタリと停《と》まる。

今の声は、誰の声だろう。この馬車に乗っているのはアデラインとルトヴィアス王子の二人。アデラインでないなら、ルトヴィアス王子の声だということになるが、聞こえてきた声は穏やかで品行方正なルトヴィアス王子のものとはおおよそ思えないものだ。冷たく、鋭《するど》い、まるで刃《やいば》のような……。

気のせいだったのだろうか。

アデラインはおそるおそる、目線を上げる。

正面に座すルトヴィアス王子は、長い足を組み、静かな表情で窓の外を眺《なが》めていた。それがまた何とも絵画のように美しくて、アデラインはまたぽぉっと見惚《みほ》れてしまう。しかし次の瞬間《しゅんかん》……。

「あんな場所で泣く気がしれない。お前、王族になる自覚が足りないんじゃないのか？」

気のせいでは、ない。言葉の端々《はしばし》に刺々《とげとげ》しさを感じる言い回しは、酷《ひど》く冷徹《れいてつ》だ。しかしそれらはすべて、目の前のルトヴィアス王子の整った唇《くちびる》から発せられている。

アデラインは目を皿のように丸くした。凍《こお》りついた思考は、なかなか回復しない。しかし異常事態は更《さら》に進行する。

ルトヴィアス王子は不機嫌《ふきげん》そうにわしゃわしゃと前髪《まえがみ》を掻《か》き乱《みだ》すと、まぁいい、とボソッと独《ひと》り言《ご》ちた。

「あそこまですれば、俺達《おれたち》の不仲説も吹っ飛《ふと》ぶだろうし」

窓枠《まどわく》に肘《ひじ》をつき、王子はようやくアデラインと目を合わせた。

「災《わざわ》い転じてってやつか」

ニヤリと笑ったその顔は野性味が溢《あふ》れ、馬車に乗る前のあの神聖な微笑みがたたえられた顔と同じとは、到底《とうてい》思えない。

(どういうこと?)

アデラインの頭の中は崩壊《ほうかい》寸前だった。

優しくて、穏やかな、アデラインが恋《こい》する『王子様』はどこへ行ったのだ。

アデラインが気づかぬ間に、王子は誰かと入《い》れ替《か》わったのだろうか。何か魔物《まもの》の類が乗り移ったのかもしれない。それとも……。

「……あの」

おずおずと、アデラインは尋《たず》ねてみた。

「何だ?」

ルトヴィアス王子は肘をついたまま、聞き返してきた。

アデラインは、ゆっくり言葉を絞《しぼ》り出《だ》す。

「長旅で……お疲《つか》れで……熱とか……」

「熱？　あるように見えるか？」

眉《まゆ》をひそめたルトヴィアス王子は、組んでいた足を解くと、片方を椅子《いす》へ持ち上げる。

その様子は、アデラインの十八年近い人生で出会った誰よりも粗雑《そざつ》で、荒々《あらあら》しい。

目の前の人物はいったい誰だ。アデラインは開いた口が塞《ふさ》がらない。目は瞬《まばた》きという機能を忘れてしまった。

「何だ？　その顔」

ぷっ、とルトヴィアス王子が噴《ふ》き出《だ》す。

「ああ、そうか。さっきのな。さっきのアレ。アレは猫《ねこ》だから」

「…ね、猫？」

「そう。猫」

クックッと、それは楽しそうに、ルトヴィアス王子は笑った。

その王子の膝《ひざ》の上に、白くて長い立派な毛並みを誇《ほこ》るように、緑の瞳《ひとみ》の猫が上品に丸まった。

（え!?）

慌てて見返すも、猫はいない。

（幻《まぼろし》……？）

アデラインはいよいよ自分の頭が心配になってきた。目の前の王子の変貌《へんぼう》もアデラインの見る幻なのだろうか。

けれど、何度瞬《まばた》きをしても、どこか気だるげな様子のルトヴィアス王子の姿は消えなかった。信じたくないが、アデラインの前に座っているのは現実の王子らしい。

「……ずっと……猫をかぶって、いらっしゃったのですか？」

「残念だったな」

何が、と尋ねるより早く、王子の手が伸《の》びて、アデラインの顎《あご》を乱暴に引き寄せる。痛みにアデラインは顔をしかめたが、彼の手は緩《ゆる》まない。

息づかいがわかるほど近くに寄ったルトヴィアス王子の顔はやはり美しく、けれどその微笑みは凍《い》てつくほど冷たかった。

「で、んか……？」

「俺のちょっとばかり綺麗《きれい》な見てくれから、さぞやご立派な聖人君子だろうと夢を膨《ふく》らませてたか？」

「そんな……」

否定しかけて、アデラインは口をつぐんだ。

否定はできない。幼い日から十年。神話の中から出てきたようなそれは美しい王子に恋《こい》焦《こ》がれ続けた日々。才気煥発《かんぱつ》、優美巧妙《こうみょう》、天馬《てんま》に乗る姿は、まさに神代の聖サクシードの再来だと王子を誉《ほ》めそやす周囲の言うことを、アデラインは真に受けて期待を膨らませてきた。

「だが現実はこれだ。ざまあみろ」

ルトヴィアス王子の唇が歪《ゆが》み、アデラインを嘲《あざけ》る。

その壮絶《そうぜつ》な美しさ。

悪魔《あくま》だ、とアデラインは思った。人間を惑《まど》わし、堕落《だらく》させ、それを見て高笑いする恐ろしい悪魔。

ルトヴィアス王子は突《つ》き飛《と》ばすようにして、アデラインから手を離《はな》した。

狭い馬車の中、アデラインは背中を軽く打ちつける。

骨が砕《くだ》けた、と思った。

痛かったからではない。アデラインの中で、何かが粉々に割れるような、そんな感覚がしたのだ。そして全身から力が抜《ぬ》けていく。

理想を絵にしたような完璧《かんぺき》な王子。それがすべて虚像《きょぞう》だとも知らず心を寄せていたなんて……。

呆然《ぼうぜん》とするアデラインが顔を上げると、氷の微笑みは消《き》え失《う》せ、その碧《みどり》の瞳は業火《ごうか》のように燃え上がっていた。まるで憎《にく》しみのように激しい感情の渦《うず》に、アデラインは震《ふる》え上《あ》がる。

「お前を見ていると虫酸《むしず》が走る」

嫌悪感《けんおかん》を鋭く纏《まと》った言葉が、アデラインの胸を貫《つらぬ》いた。心から、ドロリと血が流れる。

ルトヴィアス王子はそれを見届けると、座席に座り直し、まるでアデラインなど忘れてしまったかのように、また窓の外を眺め始めた。

その横顔は冬の湖のように静かで、地獄《じごく》の業火の片鱗《へんりん》さえもない。

悪い夢でも見たのだと、アデラインは錯覚《さっかく》してしまいそうだった。

（これも失恋《しつれん》と言うのかしら？）

いや、失恋なら三年前に既《すで》に味わった。今粉々に砕かれたのはその残骸なのかもしれない。

涙さえも出ない。

王室専用の豪華《ごうか》な馬車の車内は、まるで世界の終末を迎《むか》えたように静まり返った。

第六話　王子の戸惑い

『そなたの妃《きさき》が決まったぞ』

祖父は上機嫌《じょうきげん》でルトヴィアスにそう告げた。

『私の妃ですか？』

ルトヴィアスは驚《おどろ》いた顔をして見せた。

けれど内心ではそう驚いてもいなかったし、大してその話に興味もなかった。

ルトヴィアスはまだ十歳《さい》。『妃』と言われたところで、興味をもてと言う方が難しい。

彼《かれ》はとにかくこの気難しい祖父の機嫌《きげん》を損《そこ》ねないように、相応《ふさわ》しい態度と受け答えをすることに集中した。

『それはどなたなのですか？』

ルトヴィアスは、妃が決まって嬉《うれ》しい、とでもいうような表情で祖父に尋《たず》ねた。

背筋を伸《の》ばし、顎《あご》を引く。両手は体の横にぴったりとつけて、上官の前に立つ騎士《きし》のようなその姿勢はおおよそ子供らしくはなかったが、祖父の前ではいつもルトヴィアスはこの姿勢を崩《くず》さないようにしていた。

孫の態度に満足したのか、祖父は最近では珍《めずら》しいことに、ルトヴィアスを抱《だ》き上《あ》げた。

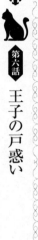

そうすれば孫は喜ぶと思ってしたのだろうが、ルトヴィアスは体を硬くする。祖父に抱《だ》かれるのは慣れていない上に、祖父はもう高齢《こうれい》だ。もし無理に抱き上げたことで腰《こし》でも痛めれば、祖父はルトヴィアスを酷《ひど》く叱責《しっせき》するだろう。まったく理不尽《りふじん》な話ではあるが、それが彼の祖父であり、ルードサクシードの国王という人間なのだ。

ルトヴィアスの緊張《きんちょう》をよそに、祖父は重くなった孫を軽々と抱《かか》えた。

『お前の妃はファニアス・マルセリオの娘《むすめ》だ』

——数ヶ月後の婚約式《こんやくしき》。

初めて会った婚約者を前にして、ルトヴィアスはなるほどな、と思った。

挨拶《あいさつ》どころかルトヴィアスの言葉に返事すらできず、俯《うつむ》く少女。ルードサクシードが誇《ほこ》る名宰相《さいしょう》ファニアス・マルセリオの一人娘《ひとりむすめ》。

マルセリオ家は代々ルードサクシード王家に仕え数々の名だたる政治家を輩出《はいしゅつ》した名家だ。数代前の国王は当時のマルセリオ家の当主に王女を降嫁《こうか》させており、つまり彼女《かのじょ》には王族の血も流れている。まさに家柄《いえがら》も血筋も、未来の王妃《おうひ》として申し分ないというわけだ。けれど祖父は娘の気が弱く、大人しそうなところを最も気に入ったに違《ちが》いない。祖父のアルバカーキは、口ごたえされることが何より嫌《きら》いなのだ。

臣下から礼をされるたび『ありがとう』と繰《く》り返《かえ》す婚約者は、まるでからくり人形のようだった。心の片隅《かたすみ》にあった婚約者への淡《あわ》い期待を、幼いルトヴィアスは早くも丸めて捨てることにした。結婚《けっこん》したところで、話し相手にすらならないだろう。政略結婚なんてそんなものだ、と。

「国境まで宰相閣下とご令嬢《れいじょう》がお迎《むか》えに来られるそうです」

二十歳《はたち》になり帰国することになったルトヴィアスは、皇国まで迎《むか》えに来た母国の外交大使にそう聞いて、内心舌打ちした。

（面倒《めんどう》だな……）

ろくに話したこともない婚約者。この十年、手紙のやりとりさえしなかった。

もっとも、母国との手紙のやりとりは皇国に制限されていたので、仕方がないのだが。

会ったのは婚約式での一回のみ。ルトヴィアスは婚約者である宰相令嬢の顔を、正直あやふやにしか覚えておらず、親しみなどまったく感じていない。

だがルトヴィアスはルードサクシード王家の、ただ一人の王子だ。やがて王太子、そして国王になる身として、後継《あとつ》ぎたる子供をつくることは重要な責務。そのためには宰相令嬢とは良好な関係を築く必要がある。

（まぁ、そのくらい簡単だ）

ルトヴィアスは自分の顔がたいそう出来が良いことを自覚しており、そして頭上に飼う猫《ねこ》がすこぶる毛並みが良くて、貴婦人方にうけがいいことを知っていた。皇国では既婚未《きこんみ》婚《こん》問わず、多くの女達《たち》に言い寄られ、適当に相手をしなければいけなかったおかげで高貴なご婦人の扱《あつか》いも熟知している。彼女達《かのじょたち》は美しいものが大好きで、愚《おろ》かにも自分もそうだと思いこんでいる。その醜《みにく》い自尊心を満足させてやればいい。ましてや世間知らずの宰相令嬢一人、どうとでもなるだろう。

宰相令嬢が、どんなに高飛車だろうが下品だろうが、愛してると微笑《ほほえ》みかけ、それを死ぬまで続ける自信がルトヴィアスにはあった。それが自分にとって、そして婚約者にとっても、本当の意味で幸せな結婚生活ではないことはわかっていたが、所詮《しょせん》は政略結婚だ。だから、ルトヴィアスはアデラインの前で猫を脱《ぬ》ぐつもりなど、欠片《かけら》もなかった。

……彼女と再会するまでは。

「おかえりなさいませ」

「留守中苦労をかけました」

頭を下げる宰相のファニアス・マルセリオに、にこやかに声をかける。

「出迎《でむか》え、礼を言います。どうぞ立って下さい」

居並ぶ貴族達が顔を上げ、そして息をのむのをルトヴィアスは感じた。

けれどその反応はルトヴィアスにとっては新しいものではない。母親譲《ゆず》りの美しい顔を見て、驚かない者に今まで会ったことがないからだ。

加えて、今日はいつにもまして猫の毛並みを整えている。ご婦人の数人が恋《こい》に落ちていてもおかしくない。責任をとるつもりはさらさらないが。

馬車に乗《の》りこむ段になって、ルトヴィアスは例の宰相令嬢がいないことに気がついた。宰相と共に、ルトヴィアスを国境で出迎えるはずではなかったのか。

名前は何だっただろう。思い出せない。

ルトヴィアスはファニアスを振《ふ》り返《かえ》ると、にっこりと笑った。

「マルセリオ。あなたの娘はどうしたのですか？」

「は、それが……」

ルードサクシードが誇る冷静沈着《ちんちやく》な名宰相が、額に冷《ひ》や汗《あせ》を浮《う》かべていた。完璧《かんぺき》主義のファニアスにとって、娘がルトヴィアスを出迎えられなかったことは、大きな失態のようだ。確かに、これは貴族達が大好きな噂話《うわさばなし》の種になるだろう。

「風に花帽《かぼう》が飛ばされまして……アデラインは帽子《ぼうし》を探しに行ったまま……まだ戻《もど》らず……」

「……」

(ああ、そうだ。アデラインだ)

ルトヴィアスはようやく婚約者の名前を思い出した。

それにしても何とも間が悪い娘だ。ルトヴィアスは少々同情しながら、周囲を見回した。

そして少し離《はな》れたところに、遠い面影《おもかげ》と重なる少女を見つけた。

派手に着飾《きかざ》る面々の中で、間違《まちが》い探しのように一人だけ大人しいドレスを着こんだ婚約者。

ちょうどいい、とルトヴィアスは思った。

未来の夫を出迎え損ねた失態に、きっと彼女はこの場から逃《に》げ出《だ》したい思いだろう。それを許し、慰《なぐさ》めれば、彼女はたちまちルトヴィアスに心を許すはずだ。ちまちま機嫌をとるより、手っ取り早くていいではないか。

それに、この衆人環視《かんし》の中で親しく話すルトヴィアスとその婚約者を見れば、不届き者が例の醜聞《しゅうぶん》を引っ張り出してくる防止になるかもしれない。あのことを蒸《む》し返《かえ》されるのは、もう二度とごめんだ。

ルトヴィアスは立《た》ち尽《つ》くす婚約者にまっすぐ歩み寄り、そして……。

「アデライン……ですよね？」

極上《ごくじょう》の微笑みを、頰《ほお》に浮かべた。

まるで、ずっと会いたかった恋人《こいびと》に再会したかのように、ルトヴィアスは目を細める。

「久しぶりですね」

ありがたく思え。これからお前が息絶えるその瞬間《しゅんかん》まで、夫に愛されている夢を見させてやる。美しい、愛してると耳元で囁《ささや》かれ有頂天《うちょうてん》になるお前を、陰《かげ》でひっそり嘲笑《ちょうしょう》させてくれ。

そんなルトヴィアスの心のうちなど知るよしもなく、婚約者の少女は頬を赤く染め、嬉しそうに微笑み返す――はずだった。

ポタリ、と雫《しずく》が落ちた。

一瞬《いっしゅん》、雨かと思った。けれど違った。

「……アデライン？　……泣いているんですか？」

ルトヴィアスの問いに、彼女は答えない。

そしてルトヴィアスも、重ねて問うことはできなかった。

婚約者の――……アデラインの見開かれた瞳《ひとみ》に溜《た》まった涙《なみだ》が、自らの重さに耐《た》えられず、白い頬を滑《すべ》り落《お》ちていく。

まるで朝露《あさつゆ》のように純粋《じゅんすい》で透明《とうめい》な涙が、彼女の顎からポタリポタリと地に落ちるのに、ルトヴィアスは瞬《まばた》きも忘れて見入った。

涙が落ちたそこから、小さい波の円が生まれ、その波は徐々《じょじょ》に大きく広がりながら、世界の色を塗《ぬ》り替《か》えていく。

それまで立っていた世界が白黒だったのかと思うほど、鮮《あざ》やかに色づいた世界に、ルトヴィアスは呆然《ぼうぜん》とした。

アデラインは、既に恋を知っていた。涙を見れば、それは明らかだ。

誰《だれ》に、など考えるまでもない。彼女が恋しているのは『ルトヴィアス王子』だ。

会ったのは十年前の一度きり。たった一度で、アデラインは『ルトヴィアス王子』に恋をしたということか。ルトヴィアスは、心のうちでせせら笑った。

（会話もろくにできない相手に、よく惚《ほ》れられたものだな）

会話どころか、目も合わなかった。

それで恋ができるなんて、何てお幸せな娘だ。

その恋は、果たして恋と言えるのだろうか。

ルトヴィアスが猫を脱いでも、彼女はルトヴィアスに恋をしていられるのだろうか。いや、きっと彼女は夢から覚めるように、恋から醒《さ》める。

ルトヴィアスの中で、どす黒い感情が渦巻《うずま》く。

（何故《なぜ》、俺《おれ》は苛立《いらだ》ってる？）

アデラインが『ルトヴィアス王子』に恋をしているなら、好都合ではないか。それが目的だったはずだ。

なのに、沸々《ふつふつ》と煮《に》えるこの怒《いか》りはいったい何だ。

（俺じゃ、ない）

アデラインが恋しているのは『ルトヴィアス王子』だ。

ルトヴィアスであって、ルトヴィアスではない。ルトヴィアスを見ているようで、彼女はルトヴィアスを見てはいない。

それは彼女に限ったことではなかった。長い間、誰もがルトヴィアスの美しい見てくれに、勝手に夢を抱いて、それをルトヴィアスに押《お》しつけてきた。誰も本当のルトヴィアスに気づくこともなく、知ろうともしない。

ルトヴィアスは、それでかまわなかった。優《やさ》しく穏《おだ》やかな、絵に描《か》いたような立派な王子様を人々は求め、ルトヴィアスはそうであろうとした。そうであらねばと、自らを縛《しば》っていたとも言えるが、そもそも本当の自分を知って欲《ほ》しい相手などいなかったのだ。

けれど……。

(この女だけは……)

アデラインだけは、嫌《いや》だ。

見て欲しい。

まっすぐに、惑《まど》わされずに。

こちらを見ろ。

「アデライン」

「アデライン？」

俺を見ろ。

けれど俯き続けるアデラインに、ルトヴィアスは……なりふりかまっていられなくなった。

「現実はこれだ。ざまあみろ」

ルトヴィアスは、猫を脱いだ。

アデラインは仰天《ぎょうてん》し、頬をひきつらせる。それを見て、ルトヴィアスは僅《わず》かばかりだが溜飲《りゅういん》が下がる気がした。

（そらみろ）

猫を脱いだ途端《とたん》、彼女の恋は醒めたではないか。そんな恋、恋の数にも入るものか。キラキラと光る飴玉《あめだま》のようなその恋を踏《ふ》み潰《つぶ》せたことが、ルトヴィアスは嬉しくてたまらない。夢見た麗《うるわ》しくて優しい王子様と『めでたしめでたし』になど、誰がさせてやるものか。

けれど、そんな楽しい気分はすぐに薄《うす》れる。アデラインがルトヴィアスを恐《おそ》れて凍《こお》りつき……また、俯いたのだ。

（俺を見ろ）

けれど、彼女は見ない。アデラインの行為《こうい》は、ルトヴィアスの怒りを煽《あお》った。

よく考えればアデラインが怖《こわ》がって当たり前の仕打ちをルトヴィアスは彼女にしているのだが、暴走した感情は、ルトヴィアスから冷静な思考を完全に奪《うば》い去《さ》っていた。

普段《ふだん》は借りてきた猫をかぶって、行儀《ぎょうぎ》よく微笑むルトヴィアスだが、本来の彼は感情の自制を得意とする人間ではない。

荒《あ》れ狂《くる》う感情を、ルトヴィアスはそのままアデラインに叩《たた》きつけた。

「お前を見ていると虫酸《むしず》が走る」

どうして俺を見ないのだ、と、それは憎悪《ぞうお》にも似た感情だった。

——こちらを、向いて欲しかった。どうにかして、向かせたかった。

けれどその方法も、どうして彼女にそうさせたいのか、その理由さえも、ルトヴィアスにはわからない。

考えもしなかった。

噴《ふ》き出《で》るような怒りを、彼は噛《か》み潰《つぶ》す。

それが、自制が苦手なルトヴィアスの、自分の感情を制御《せいぎょ》する唯一の方法なのだ。

噛み潰し、飲《の》みこむ。悲鳴を上げる自分の心の痛みなど知らんぷりで。

そうしなければ、十年の人質生活《ひとじち》など耐えられなかった――……いや、人質になる前から、彼は自分の心の軋《きし》みを無視し続けてきた。そんなルトヴィアスが、自分が自分に嫉妬《しっと》しているなんて、そんな複雑な心の機微《きび》に気づけるはずもない。

アデラインの涙で色づいた世界に、彼はただ、戸惑うばかりだった。

第七話　冷たい食卓

「……消えてなくなってしまいたい……」

寝台《しんだい》の上に身を投げ出し、アデラインはポツリとこぼした。

馬車が、宿泊《しゅくはく》予定の屋敷《やしき》に到着《とうちゃく》すると、ルトヴィアスはまた聖人じみた笑顔《えがお》でアデラインをそつなくエスコートし、『疲《つか》れたでしょうからゆっくり休んでください』と、優《やさ》しく言い残して宰相《さいしょう》である父ファニアスと共に行ってしまった。

その背を見送ったアデラインは、体を引きずるようにして歩き、今何とか与《あた》えられた個室の寝台にたどり着いたところである。

(猫《ねこ》かぶりなんて、そんな可愛《かわい》らしいものじゃないわ)

人間誰《だれ》しも親しい友人や家族に見せる顔とは別の、対外的な顔はもっている。けれどルトヴィアスのそれは、もはや別人と言える範疇《はんちゅう》である。

悪魔《あくま》のような微笑《ほほえ》みを思い出し、アデラインは身震《みぶる》いした。

ルトヴィアスの猫には、ファニアスも気づいていない様子だった。もしかしたらアデライン以外誰も知らないのかもしれない。ルトヴィアスの飼う猫は相当優秀《ゆうしゅう》なようだ。

今朝まで抱《かか》えていた陰鬱《いんうつ》な気分にとって替《か》わって、アデラインの体を虚無感《きょむかん》が支配する。

十年、恋《こい》をしていると思っていた。

でも、いったい誰に自分は恋をしていたのか。そもそもあれは恋であったのか。恋でなかったのなら、三年前の胸が引《ひ》き裂《さ》かれるような思いは、いったい……。

(失恋《しつれん》さえ、していなかったんだわ)

そう思うと、アデラインの目にじんわりと涙《なみだ》が浮《う》かんだ。

馬車の中で砕《くだ》けたのは、やはりアデラインの骨だったのだ。

幼い日。ルトヴィアス王子に恋をして、彼《かれ》に相応《ふさわ》しくなろうと必死で努力した。彼が他の女性を愛していると知っても、その恋を捨てられなかった。

容姿を嘲《あざけ》られ、名ばかりの妃《きさき》だと陰《かげ》で言われ、それでも婚約者《こんやくしゃ》の地位にしがみついていたのは、ただルトヴィアス王子への恋心《こいごころ》ゆえだ。彼の妃になるのだという思いが、かろうじてアデラインを支えてきた。

でもその恋が、ただの虚像《きょぞう》だったとわかった今。アデラインは何を支えに立てばいいのか。支えなしには、一歩だって歩けやしない。

そんな自分が情けなかった。

立つことさえ、自分にはできないのか。

「消えたいなんて、そんなに恥《は》ずかしがらなくてもいいんですよ、お嬢様《じょうさま》!」

泥沼《どろぬま》の底へと沈《しず》んでいくアデラインの様子を、ミレーは何か誤解しているようだった。

彼女《かのじょ》は国境でのルトヴィアスとアデラインのやりとりを、早くも誰かから聞いたらしい。

アデラインを半ば放置して、興奮しっぱなしだ。

「本当にようございましたね、お嬢様！　王子殿下《でんか》がこれほどお嬢様を気にかけていてくださったなんて、やっぱり三年前のことは王子殿下の気の迷いだったんですわ！　若気の至りですわ！」

若気の至り、といってもルトヴィアス王子は御年二十歳《はたち》。今現在も十分若い。

「私感動いたしました！　王子殿下はよそのご令嬢《れいじょう》には目もくれず、まっすぐお嬢様のもとに駆《か》け寄《よ》って……」

「……歩み寄って」

妙《みょう》に劇的にアレンジされた国境での出来事を、アデラインはボソボソと訂正《ていせい》したが、興奮した侍女《じじょ》の耳には届かない。大袈裟《おおげさ》な身振《みぶ》り手振《てぶ》りで一人再現芝居《しばい》は続く。

「アデライン待たせてすまなかった！　もう離《はな》さないよ！　と」

「ちょ……ちょっと待ってミレー」

アデラインはギョッとする。

しかしミレーは止まらない。

「泣《な》き濡《ぬ》れるお嬢様をヒシッと抱《だ》き締め、そのまま馬車の中へと」

「どこの世界の話なのそれはッッッ!?」

仰天《ぎょうてん》して、アデラインは飛び起きた。

「違《ちが》うのでございますか？　旦那様《だんなさま》についていった従者がそう言っておりましたよ。実際、お嬢様は殿下と同じ王家の馬車でお戻《もど》りでしたし」

「……それは、そうなんだけど」

「私胸がすぅっといたしました！　これでお嬢様が飾《かざ》りものの婚約者だとかぬかす不届き者を見返してやれます！」

幼い頃《ころ》から、それこそ娘《むすめ》にするようにアデラインを世話してくれたミレーは、三年前の婚約解消騒動《そうどう》の時も、随分《ずいぶん》気をもんでいた。まるで自分の心配事が解消したかのように晴れやかな表情の彼女に、事の真相を話して良いものか、アデラインは迷う。

（話したところで、信じてもらえるとは到底《とうてい》思えないけど……）

しかしルトヴィアスは、何故《なぜ》猫なんてかぶっているのだろう。

皆《みな》を騙《だま》すような真似《まね》をする目的がまったく見当がつかない。

「さぁお嬢様。いつまでも恥ずかしがってないで。ドレスが皺《しわ》になってしまいます」

ミレーはアデラインの様子を、羞恥《しゅうち》によるものだと思《おも》いこんでいるようだ。そうではないと説明するにも、どう説明すればいいのかわからず、アデラインは結局寝台からノロノロと起き出した。ドレスに皺をつくってミレーの仕事を増やすのも本意ではない。

「……人を騙すのって……どんな理由があると思う？」

「理由も何も、そりゃ性根《しょうね》が曲がってるんですよ」

ミレーは迷う素振《そぶ》りもなく答えた。あまりに実も蓋《ふた》もない直球回答に、アデラインは面食《めんく》らう。

「し……性根が曲がって、る？」

「勿論《もちろん》です。人様を騙すなんて性根が曲がった人間のすることです」

「そ、そうよね……」

至極《しごく》正論だ。

聖人のような微笑みを浮かべながら、その実、彼は周囲を見下していたのだ。あの冷たい微笑みは、ルトヴィアスの人となりを物語っている。性格が良いとは、お世辞にも言えないだろう。

『お前を見ていると虫酸《むしず》が走る』

確かにアデラインは愚《おろ》か者《もの》だ。女神《めがみ》か聖人かを信仰《しんこう》するように、ルトヴィアスを一途《いちず》に想《おも》ってきた。ルトヴィアスから見れば、さぞ滑稽《こっけい》に見えただろう。

けれどあんな上等の猫をかぶっているなんて反則だ。アデラインでなくとも、誰だって彼は聖人君子だと思いこむだろう。

「……せめてあんな猫をかぶるのはやめて欲《ほ》しいわ……」

ボソリとアデラインは文句をこぼした。

「さぁお嬢様。少し遅《おそ》くなりましたけどご昼食ですよ」

いつの間にか、円卓《えんたく》にはパンやスープ、鶏《とり》の香草《こうそう》焼《や》きが並んでいる。ローズマリーの香《こう》ばしい匂《にお》いに、アデラインは空腹を覚えた。あれだけのことがあったのに、なかなか自分も図太いようだと自嘲《じちょう》する。

「お水を飲まれます？　それとも果実水？」

「……お水をお願い」

注がれた水で喉《のど》を潤《うるお》そうと、アデラインが杯に口をつけようとしたその時。扉《とびら》を叩く音が響《ひび》いた。

「まぁ誰でございましょう？」

給仕《きゅうじ》をしてくれていたミレーが手を止め、対応するために扉に近づく。

父親だろうか、とアデラインは首を傾《かし》げた。それ以外にわざわざ部屋を訪ねてくるような親しい人物は、一行の中にはいない。

「どなたです？　マルセリオ宰相閣下のご令嬢のお部屋でございますよ？」

「ルトヴィアス王子殿下のお越《こ》しでございます」

取り次ぎの声を聞いて、アデラインは椅子《いす》から転げ落ちそうに仰天した。

何故彼が来るのだ。

虫酸が走るほど煩《わずら》わしい婚約者の顔など、見たくもないだろうに。

（私だって会いたくない！）

初恋《はつこい》の虚像が粉砕《ふんさい》された傷は、勿論まだ生々しい。

なのにあの恐《おそ》ろしい悪魔と対峙《たいじ》するなど、絶対に嫌《いや》だ。

「ミ、ミレー！　私は……寝《ね》てるの！　気分が悪くて、だから……」

お引き取り願って……そう続くはずの言葉はミレーにはまったく届かなかった。

「まあ！　すぐにお開けします！」

年下の女主人の許可など無用とばかりに、ミレーは扉を開ける。

開いた扉の向こうに、護衛の騎士《きし》と侍官を従えたルトヴィアスが立っていた。

「突然《とつぜん》すみません。アデライン」

にこやかに微笑むルトヴィアスの頭上に、見事な毛並みの猫が鎮座《ちんざ》する幻《まぼろし》が見えて、アデラインはよろめく。

「……いえ殿下、どうぞお入りください」

アデラインは身分の高い相手への礼儀《れいぎ》として立ち上がった。ルトヴィアスが座《すわ》るか、許可しなければ、アデラインは着席できない。

「食事中だったのですか？　改めた方がいいでしょうか？」

ルトヴィアスが顔に浮かべていたのは春風さえ吹《ふ》いてきそうな微笑みだったが、何故かアデラインは吹雪《ふぶき》に吹《ふ》きつけられたように感じた。

「いいえ、そんな……かまいません。あの……」

アデラインは逡巡《しゅんじゅん》する。食事中の来客には、食事を勧《すす》めるのが常識だ。そのため、食事は常に一人分多く用意される。

食事の時間帯だと気づかずに訪ねてくるはずがない。ということは彼はそのつもりで来たということになる。

（一緒《いっしょ》に食べたく……ない）

けれど言わないわけにはいかない。彼はこの国の王子で、アデラインは彼の婚約者だ。

「……よかったら……ご一緒にいかがですか？」

アデラインが絞《しぼ》り出《だ》すように言うと、ルトヴィアスは当然とばかりに頷《うなず》いた。

「ありがとう。じゃあ失礼させてもらいます」

ルトヴィアスはアデラインの向かい側の椅子を自分で引いて腰《こし》を下ろした。それを見届けた侍官や騎士達《たち》が軽く頭を下げて廊下《ろうか》に出て行く。

やや絶望しながら、アデラインも椅子に座った。

もはや食欲など湧《わ》くわけがない。

彼がどうしてアデラインと食事をとろうと考えたのかは知らないが、早々に食欲を満たしてお引き取り願うのみだ。

大皿から料理を取り分けようとしたミレーを、ルトヴィアスが止めた。

「自分でするからかまいません。二人にしてもらってもいいですか？」

「えっ!?」

「まあ、私としたことが気が利《き》かず申し訳ございません」

「ちょっ……待っ……」

ルトヴィアスと二人きりなどとんでもない。

「ミレー！」

「ではお嬢様。ご用があったらお呼びくださいませ」

アデラインが引き留める間もなく、ミレーは部屋から出て行った。意味深な笑顔で。

取り残されたアデラインは、生きた心地《ここち》がしなかった。蛇《へび》に睨《にら》まれた蛙《かえる》のように、体を小さくして息を殺しても、まだ安心することはできない。

ルトヴィアスはそんなアデラインをチラリとも見ず、大皿から手持ちの皿に魚料理を移している。

「……と、取り分けましょうか？」

「結構」

「……」

それきり、会話はなかった。

ルトヴィアスは馬車の中でのようにアデラインに憎悪《ぞうお》をぶつけることもなく、むしろ一度もアデラインと目を合わせることもなく、黙々《もくもく》と食事をし、そしてそれが終わると立ち上がった。

礼儀としてアデラインも立ち上がる。

そのまま出て行くと思われたが、部屋を出て行く一歩手前で、ルトヴィアスは立ち止まり、顔だけアデラインを振《ふ》り向《む》いた。

「今日から、食事やお茶を飲むときは必ず呼べ」

「……はい？」

「呼べ」

ギロリと睨まれ、アデラインは凍《こお》りつく。彼に対して反論などできるはずもない。

ルトヴィアスはアデラインの返事を待たず、今度こそ出ていった。

「……っ」

落下するアデラインを支えてくれたのは椅子だった。爪《つめ》の先が僅《わず》かに食器に触《ふ》れたが、それを引き寄せようとは思わなかった。もう一口だって食べる気にはなれない。

何故、食事のたびに、お茶のたびに、ルトヴィアスを呼ぶ必要があるのだろう。彼が熱《ねっ》烈《れつ》にアデラインを愛していて、アデラインの顔を見ながら食事をしたいと言うならまだしも、『虫酸が走る』と言われた出来事は記《き》憶《おく》に新しい。彼の冷たい目も態度も、その宣言通りアデラインを嫌《きら》っているとしか思えない。

だったら徹底的《てっていてき》にアデラインを避《さ》けてくれればいいのに、食事は一緒にとは、いったいどういうつもりなのだろう。さっぱりわからない。

アデラインにわかるのは、やがて始まるルトヴィアスとの夫婦《ふうふ》生活が、幸せなものではないだろうということだけだった。

第八話
レバー味の葡萄パン

翌朝、アデラインは円卓《えんたく》の前で悩《なや》んでいた。目の前には温かいスープに、野菜のソテー。鮮《あざ》やかな果物や葡萄《ぶどう》を練りこんだパンが並んでいる。しかしアデラインの食指はまったく動こうとしない。顔も暗かった。

（呼びに行くべきかしら）

食事とお茶の際に呼べ、と言われた件である。けれど当然、アデラインは気が進まない。幼い頃《ころ》から両親が多忙《たぼう》なために食事は一人でとることが多かった。その寂《さび》しさに、食《しょく》卓《たく》を共にする相手が欲《ほ》しいと考えたことも一度や二度ではない。けれど今、一人でとる食事の静かな平穏《へいおん》がこれほど惜《お》しくなるとは……。

「どうなさったんです？　お嬢様《じょうさま》。スープが冷めますわよ？」

ミレーが首を傾《かし》げる。

（呼びに行かせるべきだわ）

未来の夫、しかも王子殿下《でんか》の言い付けだ。無視するわけにはいかない。

（けれど言いつけたご自分がもしかしたら忘れているかも……）

そんな一縷《いちる》の望みを打《う》ち砕《くだ》いたのは、扉《とびら》を叩《たた》く音だった。

「……」

「まあ、朝からどなたでしょうね」

ミレーが扉に近づく。

取り次ぎの声を聞かなくても、誰《だれ》が訪ねて来たかはわかっていた。

「ルトヴィアス王子殿下のお越《こ》しです」

(き、来た！)

アデラインは恐怖《きょうふ》に身を固まらせた。

「まあ！　少々お待ちください！」

扉の開閉の有無《うむ》をやはり女主人に尋《たず》ねることなく、ミレーは扉を開けた。

「おはようございます、アデライン」

後光が差しているかと見紛《みまが》うばかりの、聖人のような微笑《ほほえ》みを浮《う》かべて、アデラインの婚約者《こんやくしゃ》は優雅《ゆうが》に入ってきた。

「……おはよう、ございます……」

立ち上がるのが精一杯《せいいっぱい》で、笑顔《えがお》は欠片《かけら》も返せない。

「お、食事を、一緒《いっしょ》に、いかが、で、すか？」

「じゃあ、いただこうかな」

あっさり頷《うなず》くと、ルトヴィアスは昨夜と同じ椅子《いす》に座《すわ》った。

「お嬢様。殿下と朝食のお約束をなさっていたなら教えてくださいませんと」

ミレーがひそひそとアデラインに苦情を申し立てたが、その顔は嬉《うれ》しそうだ。傍目《はため》には初々《ういうい》しい婚約者達《たち》の麗《うるわ》しい交流に見えるのだろう。

（この笑顔が猫《ねこ》だと知らなければ……）

アデラインもきっとルトヴィアスとの食事を喜んだだろう。けれどそんな夢も今は泡沫《うたかた》である。

ミレーは最低限の給仕《きゅうじ》を終えると、何も言われずとも自ら部屋から出て行ってしまった。

そして訪《おとず》れたのは残酷《ざんこく》な現実だ。

扉が閉まるやいなや、ルトヴィアスの頭から猫がするりと下りた。仏頂面《ぶっちょうづら》で眉間《みけん》には皺《しわ》まで寄せて、黙々《もくもく》と葡萄パンを手でちぎり、口に運んでいる。

「……」

アデラインも葡萄パンを食べたが、好物であるにもかかわらず、まるで砂でも食べているかのように感じた。

世界の終末のような朝食は、やはり一言の会話もなく終わった。

アデラインの受難は食事に止《とど》まらなかった。

これからアデライン達は国王や大臣達が待つ王都へ帰るため、十日ほど馬車に揺《ゆ》られることになる。そのちょっとした旅にいよいよ出発しようという直前に、何と、アデラインはルトヴィアスの馬車に同乗することになったのだ。

「ど、どうしてですか⁉」

アデラインは目の前が真っ暗になった気分だった。

予定では王都に帰るまでアデラインは父のファニアスと同じ馬車に乗るはずだった。なのに、これからの約十日間、狭《せま》い馬車の中でルトヴィアスと対峙《たいじ》しなければならないなど、恐《おそ》ろしすぎて耐《た》えられるとは思えない。

アデラインの訴《うった》えに、ファニアスは諭《さと》すように言った。

「三年前のこともある。お前の複雑な気持ちはわからぬではないが、とにかく殿下との時間を大切にしなさい」

つまりは四ヶ月後《はいりよ》の婚礼《こんれい》に向けて、少しでもルトヴィアスとアデラインが親交を深められるようにという配慮である。

「でも、お父様……」

「そなたが殿下と仲睦《なかむつ》まじくしてくれれば安心できる」

「……」

普段《ふだん》厳しい父親の優《やさ》しげな顔に、アデラインは抗《あらが》えず、了承《りようしよう》せざるを得なかった。

「風が強いから気をつけてくださいね」

そんな優しい言葉と微笑みで、ルトヴィアスはアデラインをエスコートし馬車に導く。

馬車が動き出し、外からの視線を気にしなくてよくなると、ルトヴィアスの頭上で丸まって毛繕《けづくろ》いをしていた猫はぴょんと飛んで行ってしまった。

（幻覚《げんかく》が、見える……）

末期だ、とアデラインは自らの正気を危《あや》ぶんだ。

馬車の中でのルトヴィアスは、仏頂面でやはり一言も喋《しゃべ》らず、ずっと外を眺《なが》めている。

その絵画のような横顔をアデラインは時折盗《ぬす》み見《み》た。

これから一生、会話も、心の繋《つな》がりもないにもかかわらず、人前では仲が良いふりを続けていくのだろうか。

（後継《あとつ》ぎはどうするのかしら？　側室を迎《むか》えて産んでもらうのかしら？　それとも……）

義務だからとルトヴィアスはアデラインを抱《だ》くのだろうか。それを考えると背筋を悪寒《おかん》が走る。きっと何のいたわりもない、苦行以外の何でもない行為《こうい》になる。

そして、よしんば子供が生まれたとして、人前でだけ母親に優しい父親を、子供はどう思い、どう育つのだろう。それともルトヴィアスは子供の前でも猫をかぶるつもりだろうか。

（誰かに相談しようか……？）

ファニアスの顔が頭に浮かんだ。けれど次いで声が甦《よみがえ》る。

『そなたが殿下と仲睦まじくしてくれれば安心できる』

嬉しそうな、けれど娘《むすめ》を手放す複雑そうな声音《こわね》。

目頭《めがしら》が熱くなり、涙《なみだ》が出そうになった。ファニアスは私情より宰相《さいしょう》としての立場を重んじる人だ。王妃《おうひ》として相応《ふさわ》しくあれと、アデラインは厳しくしつけられてきた。けれど娘のごく普通《ふつう》の幸せを願ってくれていることも、アデラインは知っている。

だからこそ、ファニアスにルトヴィアスとの実際の関係を知られるわけにはいかない。

きっと酷《ひど》く悲しむだろうから。


まるで別人格が入《い》れ替《か》わるようなルトヴィアスの猫の着脱《ちゃくだつ》に、正気を揺さぶられていたアデラインだが、翌日にもなると、徐々《じょじょ》にそれに慣れてきた。

そうなると食事や馬車の中での、世界の終末のような沈黙《ちんもく》を、どうにか改善できないかと考え始めた。せめて、葡萄パンの味を取《と》り戻《もど》したい。

けれどルトヴィアスは怖《こわ》いし、彼《かれ》がアデラインとの会話に応じてくれるとも思えない。

更《さら》に一日、アデラインは沈黙に耐えたが、国境近くの街を出立して三日目の午後。その夜に宿泊《しゅくはく》する予定の、とある領主の屋敷《やしき》に向かう馬車の中でアデラインは勇気を振《ふ》り絞《しぼ》り、ルトヴィアスに話しかけた。

「あの、何故《なぜ》殿下は猫をかぶってらっしゃるんですか？」

一生分の勇気を振り絞ってアデラインは尋ねたが、ルトヴィアスは窓の外から視線を外そうともしない。

「それをお前に話す筋合いはない」

「……そうですね……」

確かに、虫唾《むしず》が走るほど嫌《きら》いな相手に自分の事情を明かす人間などいないだろう。かき集めた勇気がボロボロと塵屑《ごみくず》のように崩《くず》れていく。

（今夜の葡萄パンもきっと味がしないわ……）

いや、きっともっと悪い。アデラインが苦手なレバーの味がするに違《ちが》いない。

意気消沈《しょうちん》するアデラインの向かいで、ルトヴィアスが深くため息を落とした。

そして、なんと、こちらを向いた。

「…本音で付き合うほどの価値がある人間とは、滅多《めった》にお目にかかれないものでね」

長い足を優雅に組む様は、さながら美術品だ。

その顔が迷惑《めいわく》そうに歪《ゆが》んでさえいなければ。

「……え？」

「何故猫をかぶっているか、その質問に答えたつもりだが？」

「あっ、はい！」

アデラインは慌《あわ》てた。会話。会話をしなければ。少しでも関係を改善するのだ。

そして葡萄パンの味をこの手に、いや舌に！

けれど元より対人関係を苦手としているアデラインが必死になったところで、気の利《き》いた返答ができようはずもない。

「で、でも、だからって皆《みな》を騙《だま》すような……」

(ああ！　私何てことを！)

口から出た瞬間《しゅんかん》に後悔《こうかい》したが、もう遅《おそ》い。

ルトヴィアスの翡翠色の瞳が、ギロリと光った。

「騙す？」

「ひ……っ」

(殺される！)

アデラインは、手提《てさ》げの小袋《こぶくろ》を盾《たて》に、その陰《かげ》に隠《かく》れようとしたが、残念ながら小袋に隠れることができたのは口元だけだ。

ルトヴィアスは腕《うで》を組み、目を細める。全身から苛立《いらだ》ちが、まるで湯気か煙《けむり》のように立ち上っている。

「そもそもお前らに必要なのはご立派で自分達《じぶんたち》に都合のいい王子様だろう。それを提供してやってるんだ。感謝されこそすれ批難されるいわれはないいな」

「お、おっしゃる通り、です」

泣きそうになりながら、アデラインは同意した。彼が白いレースを黒いと言っても頷こう。真珠《しんじゅ》を塵《ちり》というなら、僅かながら持っているすべてを庭にまく。絶対に彼には逆らわない。それに二度と話しかけない。葡萄パンの味など命あっての物種だ。

その時、天の助けとばかりに馬車が止まった。ややあって外から声がかけられる。

「本日宿泊するお屋敷に到着《とうちゃく》しました」

「わかりました」

涼《すず》やかな声で、ルトヴィアスが返事をした。アデラインが振《ふ》り向《む》けば、そこには頭上に素晴《すば》らしい猫を乗せたルトヴィアスが、聖人のように微笑んでいた。

「……」

「さあ、行きましょうか。アデライン」

「は、い……」

何て変わり身の早い人だろう。

アデラインは差し出された手に、自らの手を重ねる。ルトヴィアスに支えられて馬車から出ると、屋敷の侍従《じじゅう》や侍女《じじょ》が、ずらりと並んで礼をとっていた。

「出迎《でむか》えご苦労さま。世話をかけますが、よろしく頼《たの》みます」

にこやかに挨拶《あいさつ》するルトヴィアスに、幾人《いくにん》かの侍女が赤面して顔を伏《ふ》せ、そうでない者は見惚《みほ》れている。同性である侍従達まで目を見張っていた。

「ルトヴィアス王子殿下、よくお越しくださいました」

屋敷の主人であるロルヘルド卿《きょう》が恭《うやうや》しく頭を下げる。

ロルヘルド卿は、身分は高くないが、広大な土地を有する資産家で、王族や高位の貴族とも親しいと聞く。

国境から王都までは馬車で十日ほど。王子に野宿など、勿論《もちろん》させられないので、離宮《りきゅう》などのちょうど良い宿泊施設《しせつ》がない場合は、アデライン達一行はロルヘルド卿のようなその地の領主の屋敷に泊《と》まることになっていた。

「長旅でお疲《つか》れでしょう。さぁこちらへ」

ぺこぺことルトヴィアスに媚《こ》びへつらう屋敷の主人の後ろで、一人の娘が蕩《とろ》けそうな熱い眼差《まなざ》しでルトヴィアスを見つめていた。

(ハーデヴィヒ様……)

アデラインの元友人の一人。かつて親友とまで思っていた彼女《かのじょ》は、婚約解消騒動《そうどう》以降は、会うたびにアデラインを見下し、侮蔑《ぶべつ》の言葉を投げつけてくる。彼女はロルヘルド卿の一人娘《ひとりむすめ》だ。

ハーデヴィヒの瞳《ひとみ》は潤《うる》んで、ルトヴィアス以外映そうとはしない。アデラインなど、まさに眼中にないという様子だった。

(何も知らないって幸せだわ……)

あの美しい顔の下で、ルトヴィアスはハーデヴィヒと、その父親を見下しているかもしれないのに。いや、ハーデヴィヒのような美人なら、その例に入らないのかもしれない。いずれにせよ、美貌《びぼう》の王子が飼う上等の猫に、アデライン以外の多くの者が騙されているのだ。

(私も騙されていた頃に戻《もど》りたい……)

ルトヴィアスの頭の上で、猫がニャアと、一声上げた。

第九話 夜のピクニック

その夜。前足で顔を洗う猫《ねこ》を頭に乗せたルトヴィアスが、いつものようにアデラインの部屋へ夕食を食べに訪《おとず》れた。給仕《きゅうじ》を終えたミレーが部屋から退出し、恒例《こうれい》となった世界の終末のような晩餐《ばんさん》が始まって少し経《た》った頃《ころ》。廊下側《ろうかがわ》から扉《とびら》を叩《たた》く音が響《ひび》いた。

「わたくしです。よろしいでしょうか？」

聞こえてきたのは、ルトヴィアス付きの侍官《じかん》の声だ。

「どうぞ」

ルトヴィアスに入室を許された侍官は、扉を開け、恭《うやうや》しく一礼した後、足早にルトヴィアスに近づいた。

「どうしました？　アーブ」

「それが……」

ルトヴィアスが皇国に行く前にも、彼《かれ》に直接仕えていたそのアーブという名の侍官は、柔和《にゅうわ》な顔つきの初老の男性で、いつもいるのかいないのかわからないほど静かにルトヴィアスに付き従っている。優秀《ゆうしゅう》な侍官の彼にも、ルトヴィアスは猫をかぶったままのようだと、アデラインはルトヴィアスの態度から推測した。

アーブはルトヴィアスの耳元で何かしらの報告をしているようだ。アデラインには何も聞こえなかったが、時折頷《うなず》くルトヴィアスの様子から、どうやら急ぎの用事ができたらしい。

「すみませんアデライン。今日はこれで失礼します」

ルトヴィアスはさも残念だというふうに美しい顔を歪《ゆが》ませ、席を立った。

「あ、はい。おやすみなさいませ」

アデラインが見送りのために立ち上がろうとすると、ルトヴィアスはそれを制した。

「座《すわ》っていてください。おやすみなさい、アデライン」

優《やさ》しく微笑《ほほえ》むと、ルトヴィアスはアーブを伴《ともな》って部屋から出て行った。

（……さすがだわ）

どこからどう見ても、婚約者《こんやくしゃ》を気遣《きづか》う優しい貴公子だ。

普段《ふだん》のルトヴィアスは、食べ終わると挨拶《あいさつ》も何もなしに席を立つ。そして礼儀《れいぎ》作法に則《のっと》り立ち上がって見送るアデラインには目もくれずに、さっさと部屋から出て行ってしまうのだ。『おやすみ』なんて挨拶を交《か》わしたのは初めてだった。

「本当に……殿下《でんか》は素敵《すてき》な方ですわねえ。私のような者にもお心遣《こころづか》いをしてくださって……」

ルトヴィアスが出ていった後、部屋に入ってきたミレーが、ほぅ、と甘《あま》いため息をついた。

ルトヴィアスはさすがにぬかりない。どうやら召使《めしつか》いたちも総じて彼の猫に騙《だま》されていた。

るらしい。

「お心遣いって……どんな？」

アデラインは何気なく尋《たず》ねたつもりだったが、ミレーは目に見えて狼狽《ろうばい》した。

「そっ、それは。あの……た、大したことではございません！」

怪《あや》しい。怪しい。怪しすぎる。

（まさか……）

夫が妻の侍女《じじょ》に手を出すという話をよく聞くが……。

「へ、変な意味でのお心遣いではございませんよ!?　お嬢様《じょうさま》!!」

アデラインの考えていることがわかったらしく、ミレーは慌《あわ》てて首を振《ふ》る。

「ご安心くださいませ、お嬢様！　殿下が最も大事にしているのはお嬢様です。お嬢様とのお時間を大切にされたいと、お嬢様がお茶を飲まれる時やお食事の時には必ず呼ぶようにと、念押《ねんお》しされております」

「そう……」

アデラインは喜べない。ミレーを押さえられては、こっそりお茶を楽しむこともできないではないか。

「皆《みな》話していますわ。この分だと早くお世継《よつ》ぎの顔が見られそうだと」

口に含《ふく》んでいた檸檬水《れもんすい》を、アデラインは思わず噴《ふ》き出《だ》した。

「まあ！　お嬢様！　大丈夫《だいじょうぶ》ですか？」

「そ、そんなこと言われているの？」

「ええ、三年前のことがありますし、殿下とお嬢様はうまくいかないのではと……実はそんな噂《うわさ》があったのですが、でも心配いらないようですね。さぁ、これで拭《ふ》いてください」

「……」

なるほど。つまりルトヴィアスは、三年前の醜聞《しゅうぶん》とアデラインとの不仲説を払拭《ふっしょく》するために、毎日アデラインの部屋に通っているというわけだ。確かに、王太子になろうという人がいつまでも過去の醜聞を引《ひ》きずるわけにはいかないだろう。

（そのせいで私の葡萄《ぶどう》パンが……）

アデラインは肩《かた》を落とした。

いつまでこの状態が続くのだろう。結婚後《けっこんご》に子供が生まれるか、彼が側室を迎《むか》えるか、それまでの辛抱《しんぼう》だとは思うが……。

けれど少なくともこの食事は、久しぶりにゆっくりと味わうことができそうだ。

アデラインは降って沸《わ》いた幸運に、ほくほくとしながら、葡萄パンを頬張《ほおば》り、舌に広がる甘さを楽しんだ。緊張《きんちょう》を強《し》いられない食事の、何と素晴《すば》らしいこと。

ふと、円卓《えんたく》に並べられた大皿に目がいった。

皇国などでは一皿に一人分の料理が載せられて食卓《しょくたく》に並べられるらしいが、ルードサクシードでは、食卓に座る人数分と客人の分の料理が大皿に盛られ、それを食卓で取り分けて食べるのが普通《ふつう》だ。大昔、少ない食料を一族で分けあって食べた名残《なごり》だろう。

数あるその大皿のすべてに、一口ずつ手がつけてある。そのことにアデラインは眉《まゆ》をひそめた。不自然だったからだ。

席に座る一番高位の者が料理に手をつけてから、続いて下位の者が食べる作法はあるが、だからと言ってルトヴィアスがすべての皿に手をつける必要はない。料理の品数が多ければ、もったいないことだが最後までまったく手がつけられない皿も普通はあるものなのだ。

（そういえば、今までもずっとそうかもしれない……）

まるですべての皿を一口ずつ味見しているみたいだ。俯《うつむ》いてばかりいてあまりきちんと見てはいないが、ルトヴィアスはいつも食事を楽しんでいるようではなかった。

（まさか、好《す》き嫌《きら》いが激しいとか……）

自分が好む料理はどれか、確認《かくにん》でもしていたのだろうか。

（それに……）

ざっと見たところ、成人男性の胃袋《いぶくろ》を満たすほどの量を、ルトヴィアスが食べたようには見えない。

「殿下はお忙《いそが》しいの？」

アデラインはミレーに尋ねた。ミレーは頓着《とんちゃく》なく頷く。

「そのようですよ。産業を国に支援《しえん》して欲《ほ》しい土地の者が次々と押しかけたり、昨日は領主に不満をもつ者が直談判《じかだんぱん》に訪れて騒《さわ》ぎになったそうでございます。結局殿下がお出ましになって騒ぎを鎮めたとか」

「勿論《もちろん》希望者全員と会うわけではないようですが、毎日殿下宛《あ》ての上申書《じょうしんしょ》が山のように届くそうです」

「……」

「……」

面会か、急ぎの書類かはわからないが、けれどそれらが終わる頃には、調理場の竈《かまど》の火は落ちている。そうなれば、ルトヴィアスは空腹のまま眠《ねむ》ることになるかもしれない。

「……ねえ、ミレー」

「はいお嬢様」

「これ、少し包んでくれない？」

夕食時にはまだ少し明るかった空は、完全に闇色《やみいろ》に染まり、星が輝《かがや》いている。

廊下の角から、アデラインはそっと先をのぞき見た。突《つ》き当《あ》たりにルトヴィアスの部屋があり、何人かの騎士《きし》が見張りに立っている。

（どうしよう）

手に持った籠《かご》を見て、アデラインは肩を落とした。

籠の中にはミレーが用意してくれた食べ物が入っている。檸檬水、チーズに林檎《りんご》、鶏《とり》の香草焼《こうそうや》きは葉野菜と一緒《いっしょ》にライ麦パンに挟《はさ》んでくれた。

忙しいルトヴィアスのために、葡萄パンを少し包むだけのつもりだった。けれどルトヴィアスに持って行きたいとアデラインから聞いたミレーが、短い時間で色々と詰《つ》め合《あ》わせてくれたのだ。夜でさえなければ、このまま晴れた花畑にでも出かけられそうだ。

けれど籠を渡《わた》されたアデラインは、ルトヴィアスの部屋の扉にさえたどり着《つ》けないでいる。

(やっぱり、ミレーについて来てもらえばよかったわ……)

忙しいミレーの手を煩《わずら》わせてはいけないと一人で来たことを、アデラインは早くも後悔《こうかい》していた。

籠を両手にその場にしゃがみこむ。

(ああ、本当にどうしよう……)

ルトヴィアスの婚約者であり宰相《さいしょう》の娘《むすめ》であるアデラインなら、特に咎《とが》められずルトヴィアスの部屋に入れてもらえるはずだ。

(でも私……)

アデラインは自分の姿を見下ろした。地味な衣装《いしょう》。地味な髪形《かみがた》。地味な顔。

(『宰相の娘』には、とても見えないわ)

王宮で行われる公式行事で、騎士に護衛してもらった経験は何度かあるが、顔を覚えてもらっている自信がない。数少ない顔見知りの騎士は、残念ながら見あたらなかった。

侍女を連れているならともかく、アデライン一人が『宰相の娘だから通せ』と言っても、通してはもらえないように思われた。

（悪くすれば不審《ふしん》人物として捕《つか》まるかもしれないわ）

その可能性に身震《みぶる》いしてアデラインは立ち上がる。

正直、ルトヴィアスに会うには勇気が必要だ。それに、侍官が夜食の準備をしているかもしれない。

（差し出がましい真似《まね》をして、また殿下に睨《にら》まれたら……）

よくよく考えれば、たとえ空腹でもルトヴィアスがアデラインの差し入れを、果たして受け取るだろうか。

（目の前で捨てられるかもしれない）

本来ルトヴィアスが口にできる食べ物は、料理に使われる水や野菜まで規則により厳格に定められ、更《さら》に毒味が行われる。騎士団や文官など大人数が移動する旅の途中《とちゅう》ということもあり、本来の規則ほど厳しく管理されてはいないが、とはいえ食事管理されることを当たり前に生きてきただろうルトヴィアスが、無防備にも受け取ってくれるとは思えなかった。

アデラインは自分の部屋に戻《もど》るために数歩廊下を戻り、止まった。

（でも……ミレーがせっかく用意してくれた）

それにもしルトヴィアスが何も食べていなかったら、と空腹の人間を放置することに良心が咎め、アデラインは廊下をまた逆に数歩。

（でもでも……）

と、またまた逆に数歩。実はこれを何度となく繰《く》り返《かえ》している。

見張りの騎士に渡すように頼《たの》もうかと、思案を始めたアデラインのその背後に、声はかけられた。驚《おどろ》きで飛び出しかけた悲鳴をかろうじて飲《の》みこんで、アデラインは振《ふ》り返《かえ》る。

「何をしている？」

そこには紺《こん》の制服を着た赤髪の若い騎士が立っていた。

「ここはルトヴィアス王子殿下のお部屋の近くだ。用がないなら立ち去りなさい」

騎士はやはりアデラインが誰《だれ》かわからないようだ。その硬質《こうしつ》な態度にアデラインはますます及《およ》び腰《ごし》になった。

「あ、あの……」

籠を握《にぎ》り締《し》める手に、じんわり汗《あせ》が滲《にじ》む。俯き、我知らず一歩下がる。

「えっと……」

「それは何だ？」

騎士が籠に手を伸《の》ばす。アデラインは咄嗟に体を捻《ひね》って籠を抱《かか》えこんだ。

「こ、これは、殿下に……」

「殿下に？」

騎士は眉をひそめた。

「畏《おそ》れ多《おお》くも殿下に差し入れか？　侍女の身分をわきまえろ」

アデラインを侍女だと思いこんでいるらしい。無理からぬことだが、誤解されたままでは困る。アデラインは必死で食い下がった。

「私は、マ、マルセリオ家の……」

「どこの家の者でも同じだ。さぁ早く立ち去れ」

「まぁ待てよ、ライル。あれだけ凛々《りり》しい方だ。憧《あこが》れるのも無理ないさ」

ライルと呼ばれた騎士の後ろから、また別の騎士が顔を出した。その黒髪《くろかみ》の騎士の優しげな様子に、アデラインはホッと安心する。ライルは呆《あき》れたようにため息《いき》をついた。

「デオ。お前は口を出すな」

「女の子には優しくするもんだぞ、ライル」

デオに頼めばルトヴィアスに取り次いでもらえるかもしれない。彼に頼もうと、アデラインは口を開く。

「あの……」

「だからと言って殿下に会わせてやるわけにはいかないけどな。どれ、それは俺《おれ》が食べてやるよ」

急に伸びてきた手にアデラインは慌てた。とられまいと、籠を抱えこみデオに背を向ける。

「ダ、ダメです！　これは……」

「もったいぶるなって」

「あっ」

手首を摑《つか》まれ、籠を無理矢理取り上げられてしまった。

「か、返してください！」

アデラインは必死に手を伸ばしたが、デオの頭上高く掲《かか》げられた籠にはとても届かない。

「今なら主人に告げ口はしないでやるよ！　持ち場に帰りな」

薄《うす》く笑ったデオを、アデラインは睨みつけた。

「……誇《ほこ》り高《たか》きルードサクシードの騎士が、情けない！」

「……何？」

デオの表情に怒《いか》りが滲む。それにかまわず、アデラインは続けた。

「侍女が相手なら何をしてもいいと思っているのですか⁉　恥《はじ》を知りなさい！」

「この……っ」

ギリリと、アデラインの手首を摑むデオの手に力がこもった。痛みに顔をしかめたが、アデラインはデオを睨みつける目を決して逸らさない。女神《めがみ》と王族に忠実であれとされる騎士が、だからといって下位の人間を侮《あなど》るのは許せなかった。騎士であるからこそ、相手の身分に関係なく礼節を重んじるべきだ。

「無礼な女だ！　牢《ろう》にぶちこんでやる！」

「おい待て……」

「お前は黙ってろ！」

ライルの制止を振《ふ》り切《き》り、デオはアデラインを引きずるように廊下を進む。手首の骨が折れるほどの痛みで引っ張られ、アデラインは抵抗《ていこう》できない。

（ど、どうしよう……っ！）

本当にこのまま牢に入れられてしまうのだろうか。

ようやくアデラインが自身の心配に瞳《ひとみ》を揺《ゆ》らした時、見覚えがある美しい手が横から伸びてきた。

「……っ!?」

広い胸の中に、抱《だ》き締められるように引き寄せられた瞬間《しゅんかん》。

ルトヴィアスの長い足が、凄《すさ》まじい勢いでデオの胸板《むないた》を強打した。

「……っ」

息をのむアデラインの前で、デオが床《ゆか》に倒《たお》れる。

おそるおそるアデラインが視線を上げると、ルトヴィアスは気絶して動かないデオを静かに見下ろしていた。

その瞳は宝石のように美しく、そして無機質で冷たい。

「な、何を……っ！　ルトヴィアス殿下!?」

ライルが、ギョッと目を剝《む》く。名を呼ばれ、ルトヴィアスの瞳は突然《とつぜん》氷解し、まるで早朝の散歩の後かというほどに爽《さわ》やかに微笑んだ。

「ああ、すいません。私の婚約者が暴漢に襲《おそ》われていると思って。まさか相手が誇り高き自国の騎士だとは露《つゆ》ほども思わなかったもので」

「婚約……アデライン・マルセリオ令嬢《れいじょう》!?」

ライルは侍女だと思いこんでいたアデラインの正体を知り、青ざめて膝《ひざ》をついた。

「た、大変失礼いたしました!!」

ルトヴィアスはアデラインを腕《うで》の中から解放すると、伸びているデオの横に無惨《むざん》に散らばった食べ物を籠の中に拾い上げ、籠ごとアデラインへ差し出した。

「貴女《あなた》のものでしょう?」

「あ……はい」

アデラインは籠を受け取り、中をそっとのぞき、密《ひそ》かにため息をこぼした。

定期的に掃除《そうじ》された廊下とはいえ、地に落ちた物はとてもではないが未来の国王たる王子に食べさせられはしない。

ルトヴィアスは平伏《ひれふ》しそうなほどに頭を垂れる騎士に向き直った。

「騎士団は少々規律が乱れているようですね。この件については厳正な処分を下しますが、何か言い分はありますか?」

柔《やわ》らかい表情だが、ルトヴィアスの言葉には決して反論を許さない厳しさがあった。

「……ございません」

「では下命を待つように」

踵《きびす》を返《かえ》し歩き出したルトヴィアスに、アデラインは慌てて追いすがった。

「あ、あ、あの殿下！　お待ちください！」

立ち止まらないルトヴィアスの横を小走りになって追いかけながらアデラインは言《い》い募《つの》った。

「処分て……あの……」

「王太子妃になろうという女性に乱暴をはたらいたんです。罰《ばつ》を受けるのは当然でしょう？」

ルトヴィアスのその瞳に、また冷たい冬の湖が垣間見《かいまみ》えて、アデラインは言《い》い淀《よど》んだ。

「あの、でも、処分てどんな……」

「騎士階級の降格、または騎士号を剝奪《はくだつ》といったところだな」

いつの間にかアデラインの後ろからファニアスや数人の官吏《かんり》、侍官がルトヴィアスに従ってついてきている。どこかで人と会っていて、ちょうど部屋に戻るところにアデラインとデオの口論に出くわしたのだろう。または誰かと会うために、これからどこかへ向かうところだったのかもしれない。

「お父様、まさか剝奪なんて」

「しかし殿下。あれは御自らなさることではありません。ご自重ください」

「そうですね。心がけが足りませんでした」

ルトヴィアスは穏《おだ》やかに頷いた。

その頭には立派な猫が大あくびしている。勿論アデライン一人にだけ見える幻覚《げんかく》だが。

「あの、殿下！　彼らは私がマルセリオの娘とは知らなかったんです。だから……」

「相手の身分によって態度が変わるのが、一番問題だと私は思いますよ。アデライン」

ルトヴィアスが立ち止まり、アデラインをまっすぐ見下ろした。

その瞳には、感情の片鱗《へんりん》すら見あたらない。

（さっきと同じ……）

美しいけれど、冷たい宝石のような瞳。あまりの美しさに寒気がする。

「騎士は貴族に次ぐ特権階級です。与《あた》えられた権利には義務が発生し、その義務の行使には品格が伴っていなくてはならない。彼らにはそれが足りないようでした。貴女もさっき同じようなことを彼らに言っていたではないですか」

「それは……そうですが……」

強い視線を正面から受け止め切れずアデラインは俯いた。

視界の端《はし》には青ざめ跪《ひざまず》いたままのライルが見える。少なくとも彼は職務に忠実だった。

ゴクリと、アデラインは喉《のど》を鳴らした。

顎《あご》を上げ、ルトヴィアスの視線に、自らの視線をのせる。

「屋敷《やしき》の中とはいえ、供をつけなかった私にも非がございます。どうか彼らには寛大《かんだい》な処分を賜《たまわ》りますようお願いいたします」

隣《となり》からファニアスが意見した。

「アデライン、それでは他の騎士に対する示しがつかん」

「騎士団の引き締めのために私を利用するのはやめてください。見せしめなら、殿下自ら罰《ばつ》を下された者のあの姿で十分です」

父親を見ることなく、アデラインは続けた。視線はあくまでルトヴィアスから外さない。その瞳の色の変化を一切《いっさい》見逃《みのが》してはならないと思ったからだ。

「あれに控《ひか》える者は少なくとも職務から逸脱《いつだつ》してはおりません。ご覧になっていたのなら、殿下もそれはご存じでございましょう？　跪くことさえできない者共々、どうか騎士として今一度品位を高める機会をお与えください」

「……」

婚約者とはいえ、婚姻《こんいん》前のアデラインは臣下に過ぎない。世間知らずの娘の、気まぐれの憐憫《れんびん》ととられるだろうか。

じりじりと、時間が過ぎた。ファニアスが、ルトヴィアスの様子を窺《うかが》う。

アデラインは毅然《きぜん》と顎を上げていたが、握り締める掌《てのひら》は緊張の汗で湿《しめ》っていた。

ふっ、と張《は》り詰《つ》めた視線を緩《ゆる》めたのは、ルトヴィアスだった。

「マルセリオ。アデラインと少し話がしたいのですが」

「……あまり時間はとれませんが……」

「少しでかまいません。この後の予定を調整してください」

「かしこまりました」

「アデライン。来てください」

「は、はい！」

歩き始めたルトヴィアスに、アデラインは慌てて続いた。

ルトヴィアスは彼の自室の扉を自ら開け、先に入るようアデラインを促《うなが》す。

「中へ」

「……はい」

先程《さきほど》、扉の前にさえ立てなかったルトヴィアスの部屋に、アデラインは足を踏《ふ》み入《い》れた。

室内は一級の客人用の部屋らしく、白を基調としており壁《かべ》の照明や扉の取っ手等は金が施《ほどこ》されていた。狭《せま》いながら調度品も豪華《ごうか》で新しい。おそらくルトヴィアスを迎えるために新調したのだろう。

窓際《まどぎわ》に置かれた執務机《しつむづくえ》には、書簡が山になっている。到着《とうちゃく》早々、目を通さなければならない書類があったようだ。

背後で扉が閉まり、アデラインは振《ふ》り向《む》いた。後ろ手で扉を閉めたルトヴィアスが、そのまま豪奢《ごうしゃ》な扉に寄りかかり腕を組む。途端《とたん》に頭上にいた猫が鼠《ねずみ》でも見つけたかのように跳《と》び去った。勿論アデラインの幻覚である。

「お前はいつもああなのか？」

盛大《せいだい》なため息。額に手をあてているのでその美しい顔は見えない。

アデラインは唾《つば》を飲みこんだ。

「あ、あの……差し出がましい真似を……」

「本当にな！」

「す、すみません！」

ルトヴィアスの剣幕《けんまく》に、アデラインは縮み上がった。ルトヴィアスは噛《か》みつくような勢いでアデラインに迫《せま》り、アデラインは逃《に》げるように後ずさる。

「もう一度言うぞ。女神と王家に命を捧《ささ》げる誓《ちか》いの代わりに、王は騎士に数々の特権を与えた。それを勘違《かんちが》いして好き勝手するバカに騎士の資格はない！」

「はっ、はい！　おっしゃる通りです！」

後退するアデラインを、ルトヴィアスは尚《なお》も追《お》い詰《つ》める。

「そもそもお前の顔を覚えてないあたり、誓いすら守ってないただのクズだぞあいつらは！」

「そ、それは」

背中が壁にあたり、アデラインはもう逃《に》げ場《ば》がないことに絶望した。

せめて不機嫌《ふきげん》なルトヴィアスの表情を視界に入れまいと体ごと顔を背《そむ》ける。

「それは私も悪いので……」

バンッ、とアデラインの鼻のすぐ先の壁に、ルトヴィアスが勢いよく手をついた。

「ひ……っ」

小さな悲鳴を上げて、アデラインは急いで体を反転させる。……が。

バンッ、と、またしても目の前に壁を叩《たた》き壊《こわ》しかねない勢いでルトヴィアスが手をついた。ルトヴィアスの両腕《りょううで》に閉《と》じこめられ、アデラインには視線さえ逃がす場所がない。

両手の指を祈《いの》るように絡《から》ませ、アデラインは怖々《こわごわ》と視線だけを上げる。

さらりと、ルトヴィアスの前髪《まえがみ》が流れた。

その淡《あわ》い金の向こうから、アデラインを斜《なな》めに見下ろす翡翠の双眸《そうぼう》。

彼の美しい手が動き、アデラインの白い首をなぞる。そうしてその指は、アデラインの顎を摑んで、くいっと上を向かせて固定した。

「目を、逸《そ》らすな」

「……っ！」

摑まれた顎から、全身に痺《しび》れが駆《か》け巡《めぐ》る。

崩《くず》れそうな足に、アデラインは必死で力を入れた。

押さえつける必要などない。命令もだ。

怖《こわ》いのに、逃げたいのに、ルトヴィアスの美しい目に囚《とら》われてアデラインは身じろぎすらもできないのだから。

ルトヴィアスの唇《くちびる》が、大仰《おおぎょう》に動いて、アデラインを問いただす。

「何でお前が悪い？」

「あ、あの……だって……なので……」

ボソボソとアデラインは応えたが、あまりに小さなその声はルトヴィアスの耳には届かなかったようだ。

まるで猛獣《もうじゅう》のようにルトヴィアスは唸《うな》った。

「あああっ!?」

「だ、だって……じ、地味だから!!」

アデラインは自棄《やけ》になって声を張り上げた。ルトヴィアスはその整った顔を、今度は困《こん》惑《わく》に歪ませる。

「……はあ?」

「私の顔が地味だから! だからきっと騎士達《たち》は覚えづらいんです!」

何が悲しくてこんな情けない事情を説明せねばならないのか。

あまりの恥《は》ずかしさにアデラインの顔は紅潮し、目に涙《なみだ》が浮《う》かび上《あ》がる。

「……ぷっ……」

頭上で、噴き出す音が聞こえてアデラインは思わず顔を上げた。

(今、笑った?)

ルトヴィアスはアデラインからも壁からも手を離《はな》して、少しばかり後ろへ下がっていた。アデラインから隠《かく》すように顔を背け、額に手をあててはいるが、口元が明らかに緩《ゆる》んでいた。

(笑った!)

猫をかぶって微笑むのではなく、本当にルトヴィアスが笑うのを見たのは初めてだ。

それは彫像《ちょうぞう》が笑うくらいあり得ない現象で、アデラインはどうにかその珍《めずら》しい現象を見られないものかと身をよじる。けれどルトヴィアスがわざとらしくゴホンと一つ咳払《せきばら》いをしたので、慌てて背筋を伸ばした。

「……別に、地味じゃないだろ。……そりゃ派手な顔じゃないが、まぁ平均というか……」

「……それを地味というんです……」

下手な慰《なぐさ》めは逆に傷口を広げる。堂々と笑ってくれた方がいくらかましだ。

けれど、アデラインを気遣うような発言をルトヴィアスがしたのが意外すぎて、アデラインは気落ちするどころではない。

アデラインに目を逸らすなと言ったくせに、ルトヴィアスはアデラインと目を合わそうとしない。だが、その横顔がいつもより幾分《いくぶん》か柔らかいように見える。

先程笑ってしまったことが、もしかしたら照《て》れ臭《くさ》いのかもしれない。

「……で？　夜にピクニックにでも行くつもりだったのか？」

アデラインが手に提げる籠を、ルトヴィアスはチラリと見て言った。

強引《ごういん》な話題変更《へんこう》は明らかに照《て》れ隠《かく》しのためだったが、アデラインにしても容姿の話題は早々に打ち切りたい。

「これは……」

籠を、胸の高さまで持ち上げる。

「これは殿下にお持ちしたんです」

「……俺に？」

ルトヴィアスは驚いたように、アデラインを見た。

アデラインは頷く。

「はい。あの……お夕食をあまり食べていらっしゃらないようだったので……」

籠の中の、潰《つぶ》れてしまったパンに心が痛んだ。せっかく作ってもらったものを無駄《むだ》にしてしまった。ミレーに謝《あやま》らなければならない。

ひょい、とルトヴィアスが籠をのぞいた。その近さに、壁と彼の腕に閉じこめられたことを思い出し、アデラインはドキリと肩を揺らす。ルトヴィアスはそれに気づいた様子もなく、籠の中に手を伸ばした。

「香草焼きか？」

「はい、あの……」

何をするつもりかと、訝《いぶか》しがるアデラインの目の前でルトヴィアスは鶏肉《とりにく》の塊《かたまり》をつまみ、躊躇《ちゅうちょ》なく口の中に放《ほう》りこんだ。

(た、食べた!!)

アデラインの体の血の気が一気に引いた。

「殿下！　そ、それ……っ」

一度は廊下にばらまかれ、もはや犬にやるか肥料にするかしか道はないものを。

「いけません！　早く吐《は》き出《だ》してください！」

「何故《なぜ》？」

何故も何も、地に落ちた物は食べてはいけないと、子供だって知っているというのに。慌てるアデラインにかまわず、ルトヴィアスは潰れたパンをまた口に放りこむ。

「キャアアアアアア!!」

「うるさい。ちょっと黙《だま》ってろ」

アデラインの手から籠をもぎ取ると、ルトヴィアスは執務机にそれを置いた。そして自らも執務机に軽く腰掛《こしか》けると、檸檬水の瓶《びん》を手に取り、コルクを抜《ぬ》く。

（た、食べるつもりだわ!!）

アデラインはルトヴィアスを何とか止めようと試みた。

「あの、あの、それは落ちて……」

「俺が蹴《け》りを入れたからな」

「もしお体に不調をきたしたら……」

「その時はその時だ」

瓶にそのまま口をつけ、コクコクと飲み干す。アデラインは戸惑《とまど》いながら、ルトヴィアスの近くへそろそろと近寄った。

まさかルトヴィアスがこんな行動に出るなんて。もしこれで食あたりにでもなれば、ルトヴィアスはルードサクシード王家唯一《ゆいいつ》の直系男子。国の一大事だ。

アデラインがハラハラと見守る中で、ルトヴィアスはあっという間に籠の中の食べ物を平らげてしまった。

指についた塩分を舐《な》め取りながら、ルトヴィアスが籠をアデラインに押《お》しつける。それを受け取りながら、アデラインは頭を下げた。

「うまかった」

「は、はい……」

「さて……」

ルトヴィアスは腕を組み、額に手をあてる。金糸の髪は、無造作に扱《あつか》われたにもかかわらず、褪《あ》せることなく輝いた。それにアデラインは思わず見惚《みほ》れた。仕草も言葉も乱暴で驚くことは多いが、彼の美しさがそれによって損《そこ》なわれないのがまったく不思議だ。

ルトヴィアスは何か考えているようだったが、ややあってその美しい顔を上げた。執務机に腰掛けているため、視線の高さがアデラインとほぼ同じだ。アデラインの鼓動《こどう》がドクンと一つ跳《は》ねた。

「たとえ屋敷内でも今後は供をつけろ。いいな」

「……はい」

「それから……」

言葉を区切り、ルトヴィアスは俯く。

「……それから、自分を卑下《ひげ》するな。……地味とか……やめろ」

「……え」

予想外のことを言われアデラインは戸惑わずにはいられない。ルトヴィアスの真意がわからず返事を躊躇していると、ルトヴィアスは俯いたまま不機嫌そうにアデラインを促した。

「返事！」

「は、はい!!」

条件反射的に、アデラインは返事をした。それでもルトヴィアスは満足したらしい。

「……よし」

スッとまっすぐ立ち上がるその頭上には、もう立派な猫が鎮座《ちんざ》している。

ルトヴィアスは無駄がない動きで部屋を横切り、扉を開けた。その向こうにアデラインの父親達が並んでいる。扉が開いたことで、全員がルトヴィアスに注目し、その言葉を待っていた。彼らの顔を見渡《みわた》し、ルトヴィアスが静かに最終決定を告げる。

「両名とも五日間の謹慎《きんしん》の後、任務に戻すこととします」

「それは……」

口を開いたファニアスを、ルトヴィアスは制した。

「今回のみの温情処置です。慈悲深《じひぶか》い未来の王太子妃に感謝し、今後は一層の忠誠を捧げるように伝えておいてください」

「……かしこまりました」

ファニアスが頭を下げるのを見て、アデラインはホッと胸をなで下ろした。

「誰か。アデラインを頼みます」

「かしこまりました」

一番近くにいた騎士にアデラインを部屋まで送るように指示をした後、ルトヴィアスはファニアスが告げる予定の変更に耳を傾《かたむ》け頷いていた。その横顔は、静かで理知的で、先程までアデラインを壁まで追い詰めた猛獣と同じ人物とは到底《とうてい》思えない。ルトヴィアスが飼う猫はとてつもなく躾《しつけ》が良いようだ。

穏やかで、理性的。洗練された身のこなしに、柔らかく、でもよく通る話し方。

その外見といい、きっと彼が王太子になれば臣下と国民から絶大な支持を得るに違《ちが》いない。まさに完璧《かんぺき》な王太子だ。

猫の着脱《ちゃくだつ》により態度に天と地ほどの違いがあるが、彼の根底にある本質には揺らぎがないのかもしれない。騎士の在り方を語った彼は、間違《まちが》いなく騎士号を授《さず》ける王族としての責任を自負していた。あの姿は素直《すなお》に尊敬できる。

（それに……）

『……それから、自分を卑下するな。……地味とか……やめろ』

俯いた彼が言った言葉。

（そんなこと言われたの初めてだわ……）

アデラインの父ファニアスは『王妃《おうひ》に必要なのは外見ではない』と、アデラインに言い聞かせるのが常だった。つまりは繰り返し『お前は美しくない』と言われているようなものだ。

自分が深読みしすぎていることも、父親の娘を思っての言葉だということもわかっていたが、アデラインは密かに傷ついていた。公平性を重んじる父らしいが、一人娘《ひとりむすめ》なのだから少しぐらい贔屓目《ひいきめ》に見てくれても……と、恨《うら》みがましく思ったこともある。アデラインは決して不器量ではないが、いつか王妃として立つ身としては、いささか地味と言うより他ない。アデラインを美しいと言う人もいたが、彼らが社交辞令を言っているのがわからないほど、アデラインは愚《おろ》かでもなかった。人知れず、自らの外見を憂《うれ》いていたところへ、三年前の婚約解消騒動《そうどう》だ。ルトヴィアスが選んだ相手がそれは美しい女性だと聞いたことで、アデラインの外見に対する劣等感《れっとうかん》は決定的なものになった。

ああ、私がもっと美しければ、と。

けれど当のルトヴィアスが言った。『卑下するな』と。

(そのままでいいと言われた気がした……)

ルトヴィアスの言葉は、アデラインの容貌《ようぼう》を肯定《こうてい》してくれたように、アデラインの耳には届いたのだ。美しくはない、けれどそのままで良いと、言われた気がした。

それは言葉をよくとりすぎなのではないかと、アデラインは自分でも可笑《おか》しくなった。

口元から、ふっと思わず笑いがこぼれる。

「どうかしたのか？」

アデラインの父と話《はな》しこんでいたルトヴィアスが、アデラインの側まで戻ってきた。

「……いいえ。いいえ何でもありません」

アデラインはクスクス笑いながら首を振った。怪訝《けげん》そうに眉をひそめたルトヴィアスの頭上では、猫が滑《すべ》り落《お》ちかけて慌てている。

きっとルトヴィアスは露ほども思わないだろう。自身の言葉がどれほどアデラインの心を明るくしたのかなど。

笑いながら、アデラインは言った。

「お礼を言っていませんでした。先程は助けてくださってありがとうございます。私へのお気遣いも、本当にありがとうございました」

「ああ？」

何のことだと、不機嫌そうに顔を歪めたルトヴィアスの頭上の猫は完全に滑り落ちている。扉は開いたままだが、父親や騎士達は廊下で控えたままなので、ルトヴィアスの態度の変化には気がつかないだろう。

荒々《あらあら》しいルトヴィアスを、何故かアデラインはあまり怖いとは感じなかった。先程の廊下で見た無表情な瞳のルトヴィアスよりずっといいと思えたのだ。単純に慣れてしまったのかもしれない。

「これを、食べてくださいました」

空っぽの籠を、アデラインは少しだけ持ち上げる。

「……べつに」

ふいっとそっぽを向く彼が、実は照れているようだと気づいて、アデラインは可笑しくなってしまった。彼は照れ屋なのかもしれない。まるで子供のようだ。

くすくすと笑いが止まらない。

「フフ、あの、もしお腹《なか》が痛くなったら、フフフ、言ってくださいね。お薬を用意しておきますから……フフ、ダメだわ止まらない」

笑い続けるアデラインを、ルトヴィアスが不思議そうにじっと見つめている。

そんな彼の表情を初めて見たアデラインは、ピタリと笑いを引っこめた。不敬に過ぎたかもしれない。

「も、申し訳ありません……。あの……」

「……薬、用意しとけよ」

ルトヴィアスはそれだけ言うと、猫をかぶり直して部屋から出ていった。

(悪い人ではないのかもしれない)

少なくとも、ミレーが言ったように性根《しょうね》が曲がっているわけではなさそうだ。

(また、笑ってくれるかしら……)

彼の本当の笑顔《えがお》を見てみたい。それはきっと、猫をかぶった時の聖人のような微笑みよりも、ずっと美しいだろう。

第十話 天馬

夜中から降り出した雨は朝になっても止《や》まず、そのためにアデライン達《たち》一行は足止めを余儀《よぎ》なくされた。途中《とちゅう》通る峠《とうげ》が、雨でぬかるみ、馬車の足がとられるのを怖《おそ》れたためだ。

昨夜の一件で、ルトヴィアスとの関係が何か変わるのではとアデラインは期待したが、朝食の席のルトヴィアスは、いつものようにアデラインと会話はおろか目も合わさず、黙々《もくもく》と手と口を動かすだけだった。そして食べ終わると、やはり何も言わずに立ち上がり出て行こうとする。

アデラインもいつものように見送りのために立ち上がり、けれど思い切ってルトヴィアスに声をかけた。

「殿下《でんか》、あの！」

ルトヴィアスは扉《とびら》の前でピタリと立ち止まる。振《ふ》り向《む》いてはくれないが、アデラインの言葉を待ってくれているようだ。

「あの、昨夜は……腹痛などは、大丈夫《だいじょうぶ》でしたか？」

「……ああ」

そっけないたった一言に、けれどアデラインは満足した。ほんの少しだけでも歩み寄れた気がしたのだ。

そのままルトヴィアスを見送るつもりだったアデラインだが、意外にもルトヴィアスは出て行かなかった。

「……来るか？」

扉に体を向けたまま、まるでそれは独り言のようだった。

だからアデラインはてっきり自分が何か聞き間違《まちが》えたのだと思って首を傾《かし》げた。

「……え？」

「……来ないならいい」

「い、行きます！」

何処《どこ》に、などという基本的な質問はアデラインの頭には浮《う》かばなかった。


翼《つばさ》と同じ白い体に、銀に光る鬣《たてがみ》。紫水晶《むらさきずいしよう》のように輝《かがや》く紫の瞳《ひとみ》。まるで天使のような純白の翼を羽ばたかせて、その美しい生き物は嘶《いなな》いた。

「――……天馬！」

アデラインは慌《あわ》てて口を押《お》さえた。突然《とつぜん》の大声で、天馬の機嫌《きげん》を損《そこ》ねては大変だ。

「シヴァだ」

ルトヴィアスは手に持っていた水桶《みずおけ》を床《ゆか》に下ろすと、閂《かんぬき》を抜《ぬ》いて、柵《さく》の中に入った。

「シヴァ。何て綺麗《きれい》なんでしょう……」

アデラインはうっとり呟《つぶや》いた。

ルードサクシードの高地にだけ生息する天馬は、翼を有して空を翔《かけ》るその美しさから女神《めがみ》に愛された生き物だと大陸全土で神聖視されている。個体数が少なく、狩猟《しゅりょう》は固く禁じられているが、ルードサクシード王家の直系男子だけが所有する特権をもっていた。

「私、天馬に会うのが夢だったんです」

幼い頃《ころ》、天馬の話を寝物語《ねものがたり》に聞いて憧《あこが》れたアデラインは、乗ってみたいと駄々《だだ》をこねた。ミレーは『旦那様《だんなさま》になる方にお願いなさいませ』と助言をくれたのだが、その願いを婚約者《こんやくしゃ》に伝える前に、当の本人が人質《ひとじち》として旅立ってしまった。まだ翼が生《は》え揃《そろ》わない子馬の天馬を伴《ともな》って。

先王と現国王の天馬は、前の戦《いくさ》で残念ながら死んでしまったので、現在王宮には天馬はいない。王族筋の所有する天馬が何頭か王都にいるらしいのだが、厳重に管理されており、アデラインが天馬を見るのは、今回が正真正銘《しょうしんしょうめい》生まれて初めてだった。

普通《ふつう》の馬なら五頭ほど繋《つな》げるであろう広さの厩《うまや》の中を、シヴァはグルリと一周して、ルトヴィアスに甘《あま》えるようにすり寄る。その逞《たくま》しい首を、ルトヴィアスは軽く叩《たた》くように撫《な》でてやっている。アデラインには見せてくれない優《やさ》しげな表情で。

その滅多《めった》に見ることができない横顔に、アデラインは目を奪《うば》われた。希少生物である天馬が目の前にいるにもかかわらずだ。

「……触《さわ》るか？」

不意に振り向いたルトヴィアスに、彼《かれ》に見とれていたアデラインの心臓はドキリと飛び上がる。幸運にも、ルトヴィアスはアデラインが何に見入っていたのか気づいてはいないようだった。

「えっと、でも……いいんですか？」

天馬は誇《ほこ》り高《たか》い。主人以外は乗ることを許さないし、なかには主人以外には手入れもさせない天馬もいると聞く。初対面のアデラインが気軽に触《さわ》れるものとは思えない。

ルトヴィアスは既《すで》に普段《ふだん》の仏頂面《ぶっちょうづら》だ。

「さあ？　決めるのはシヴァだ」

「……」

つまりルトヴィアスは、アデラインがシヴァに触れるように、何かしら手助けしてくれるわけではないようだ。

アデラインは迷った。無理に近寄って蹴《け》られでもしたら……。けれど幼い頃から憧れた天馬に触るせっかくの機会を、逃《のが》したくはない。

アデラインはこくりと、唾《つば》を飲《の》みこんだ。ルトヴィアスがしたように閂を抜いて柵の中に入る。

ぶるる、とシヴァが鼻を鳴らした。

「……はじめましてシヴァ。私はアデライン」

シヴァの目を見て言うと、まるで返事をするように、シヴァは紫の瞳を瞬《まばた》かせる。

(まるで言葉をわかってるみたいだわ)

アデラインはルトヴィアスの横を通り、ゆっくりシヴァに近づいた。

「……あなたの綺麗な鬣に触ってもかまわないかしら?」

アデラインが尋《たず》ねると、シヴァはまた鼻を鳴らし、そして、なんと頭を垂れた。

「……っ」

胸を躍《おど》らせて、アデラインはルトヴィアスを振り向いた。ルトヴィアスは難しい顔で腕《うで》組《ぐ》みをしていたが、アデラインに頷《うなず》いてくれた。

「かまわないようだな」

アデラインは飛び上がりたい衝動《しょうどう》を必死に抑《おさ》えて、またシヴァに面と向かう。一歩近づき、そうっと手を伸《の》ばした。指先が、銀糸のような鬣に触れる。

「……あなたは綺麗なだけじゃなく、とっても賢《かしこ》いのね」

ぶるる、とまたシヴァが鳴く。

「まぁ」

アデラインは嬉《うれ》しくなった。そっとシヴァの首に触れた。しなやかな筋肉は、頼《たの》もしく、温かい。シヴァは下げていた頭を上げたが、アデラインの手を嫌《いや》がる素振《そぶ》りはない。

「アデライン」

「はい！」

呼ばれて振り向くと、アデラインは櫛《くし》を渡《わた》された。

「櫛？」

「鬣《たてがみ》。すいてやってくれ。絡《から》まりやすいんだ」

ルトヴィアスはアデラインに背を向けると、肩《かた》から外套《がいとう》を外し、柵に掛《か》けた。

「俺《おれ》は水を酌《く》んでくる」

「殿下が？」

「お前が行くか？」

行けと言われれば行くが、アデラインでは水場からここまで来る間に桶《おけ》が空になるだろう。

「……行ってらっしゃいませ」

ルトヴィアスは手首の釦《ぼたん》を外して腕捲《うでまく》りすると、桶を手にして行ってしまった。その後ろ姿が見えなくなってから、アデラインはシヴァに話しかけた。

「……いつもは、殿下がすいてくれるの？」

さすがにシヴァからは返答らしい反応は戻《もど》ってこない。

「私がしてもかまわない？」

これにもこれといって反応は返ってこなかったが、逃《に》げもしないのでアデラインは櫛を鬣にあててみた。絡まりやすい、とルトヴィアスは言っていたが、櫛は一度も引《ひ》っ掛《か》かることなく鬣を滑《すべ》り抜《ぬ》けた。

「きっと殿下が毎日丁寧《ていねい》にとかしてくれてるからね」

厩舎《きゆうしや》の前には見張りが立ち、中にはルトヴィアス以外は入れない様子だった。つまりシヴァの世話はルトヴィアスが一人でしているのだろう。自ら汲《く》んだ水を与《あた》え、体を拭《ふ》き、大切に世話をしているに違《ちが》いない。これほど美しい生き物なのだ。ルトヴィアスが手をかけるのも頷ける。けれど、それだけではないだろう。

(殿下は、本当は愛情深い方なのかもしれない)

シヴァに見せた優しい表情が、それを物語っている。そうでなければ、忙《いそが》しい毎日のなかでシヴァの世話はただ負担が大きいだけだ。

「……貴方《あなた》が、少し羨《うらや》ましいわ、シヴァ」

こぼれたアデラインの呟きに、シヴァは鼻を鳴らすと首を回してきた。慰《なぐさ》めてくれているのかもしれない。

「何が羨ましいって?」

「っ!　で、殿下っ!?」

いつの間にかルトヴィアスが戻《もど》って来《き》ていた。ルトヴィアスは柵の中に入ると、水がたっぷり入った桶を床に下ろした。

「で?　お前も髪《かみ》を櫛でとかして欲しいのか?」

「まさか!　そんな!」

アデラインは焦《あせ》って狼狽《うろた》えた。

ルトヴィアスに大切にされていることが、単純に羨ましい。けれどそんなことを当の本人に言えるはずもない。

アデラインのように、人とまともに目も合わせられない女が婚約者など、隣《となり》に飾《かざ》っておくだけでも気が進まないだろう。それをルトヴィアスに大切にしろなんて、言えるわけがない。厚かましいにもほどがある。

「え、えっと、あの……」

焦るアデラインの目に、シヴァの銀に輝く鬣が入ってきた。

「た、鬣が！」

「……鬣？」

「綺麗な銀色で……羨ましいと。私の髪はこんな暗い色なので」

でまかせは、あながちそうとも限らなかった。アデラインは常々、自分の髪が金髪《きんぱつ》や銀《ぎん》髪《ぱつ》であったらと考えていたからだ。

うまく誤魔化《ごまか》せた。しかも大した嘘《うそ》をつくこともなく。アデラインがそう安堵《あんど》していると、ルトヴィアスが無言で近づいてきた。

何事かとアデラインは顔を上げた。

「……あの、殿下どうかなさっ……いたいいたいいたいいたいいたい！」

おずおずとした質問を最後まで聞こうとはせずに、ルトヴィアスはアデラインの頬《ほお》をつまみ、容赦《ようしゃ》なく引っ張ってきたのだ。

「……蒸《む》した米菓子みたいだな」

「い、痛いです殿下、は、放して……」

涙目《なみだめ》で懇願《こんがん》すると、ルトヴィアスは指を弾《はじ》くようにしてアデラインの頬を放してくれた。

赤くなった頬を手でさすりながら、アデラインはルトヴィアスを恨《うら》めしく睨《にら》む。

「いきなり何なんですか……っ」

「言ったはずだぞ、やめろって」

「え……」

卑下《ひげ》するな、という昨日のやりとりをアデラインは思い出した。

「あ……す、すみません……」

「次は鼻つまむからな」

「や、やめてください！」

咄嗟《とっさ》に鼻を手で隠《かく》すアデラインに、ルトヴィアスが小さく噴《ふ》き出《だ》した。

（また笑った！）

けれどその笑顔《えがお》はまるで一瞬《いっしゅん》の幻《まぼろし》のように、すぐに消えてしまったので、アデラインはまたしてもじっくりと見ることができなかった。

ルトヴィアスは背を向けると、そのまま桶を持ち上げる。

「濡《ぬ》れたくなかったら足元気をつけろよ」

「は、はい！」

ルトヴィアスは桶の水を床にまくと、長柄《ながえ》の刷毛《はけ》で床を掃除《そうじ》し始めた。その後も何度か水を汲みに行ったり、飼い葉を替えたりと、ルトヴィアスは実に手際《てぎわ》よく動いた。彼の身分を知らない人が見れば、馬丁にしか見えないだろう。随分《ずいぶん》と気品が溢《あふ》れる馬丁だが。

「殿下、よろしいですか？　殿下？」

外から、父のファニアスの声がした。

「今行きます」

一言返してルトヴィアスはアデラインを振《ふ》り返《かえ》る。

「俺は戻る。お前は？」

訊《き》くということは、このままここにいてもいいのだろうか。それならもう少しシヴァといたいが……。

「……私も部屋に戻ります」

アデラインは結局無難な判断を下した。ルトヴィアスは柵に掛けていた外套を摑《つか》むと、シヴァの鼻筋を優しく撫でた。

「またな」

シヴァが甘えるように嘶く。

(私に『また』はあるのかしら……)

今日はルトヴィアスの気《き》まぐれで、こうしてこの厩舎に入れたが、今後いつルトヴィアスが同じ気まぐれを起こすとは限らない。聖獣として厳重に警備されるシヴァとは、もしかしたらもう二度と会うことは叶《かな》わないのではないか。

「今日は、ありがとうございました。貴重な機会をくださって」

アデラインはルトヴィアスの横顔にお礼を言った。

もう二度と彼の気まぐれが起きなかったとしても、この貴重な一度を自分にくれたことを感謝しよう。

「あなたも、ありがとうシヴァ」

アデラインが微笑《ほほえ》むと、シヴァも鼻を鳴らす。

この美しく、賢い生き物との触れあいは、きっと一生忘れないだろう。シヴァに優しいルトヴィアスの姿と共に。

「……アデライン」

「はい？」

呼ばれてアデラインはルトヴィアスに向き直った。

ルトヴィアスは不機嫌《ふきげん》そうな、けれど途方《とほう》にくれて困っているような、複雑な表情だ。何か言いたいことがあるようで、薄《うす》く開いた唇《くちびる》は、言葉を探しているのか何度か震《ふる》えた。

（何かしら？）

アデラインはルトヴィアスの言葉を待った。けれど結局、彼の言葉は聞けずじまいだった。外からまた、ルトヴィアスを呼ぶ声がしたからだ。

「殿下？　申し訳ありませんが急ぎの書簡が参りまして。よろしいですか？」

「……今行きます」

ルトヴィアスは先程と同じ返事をし、けれど今度は本当にすぐ厩舎の出口へ向かった。

(何だったのかしら？)

ルトヴィアスが何を言うつもりだったのか、気になりながらもアデラインはルトヴィアスの背に続く。

雨は、いつの間にかやんでいた。厩舎から出てきたルトヴィアスと娘《むすめ》を見て、ファニアスが目を丸くする。

「……そなたも一緒《いっしょ》だったのか」

「はい。殿下にお声をかけていただいて」

「……そうか」

ファニアスが意味ありげな目線をルトヴィアスに向ける。

「マルセリオ、急ぎの書簡はどれです？」

ルトヴィアスはアデラインの父の目線など気づいていない様子で、にっこりと促《うなが》した。

今日も彼の猫《ねこ》は絶好調だ。

「ああ、申し訳ありません」

政務の話が始まりそうだったので、アデラインはその場を辞することにした。邪魔《じゃま》になってはいけない。

「殿下、お父様。私はこれで失礼いたします」

ドレスをつまんで、軽く膝《ひざ》を折る。

「ああ、誰《だれ》か娘を部屋へ」

傍《かたわ》らに立っていた騎士《きし》が一人頭を下げた。

一歩下がったところでルトヴィアスと目が合う。

「……ではアデライン。また昼食に」

誰が見ても婚約者を慈《いつく》しむ優しい微笑みだ。猫が笑っているだけだと知っているアデラインでさえ、やはり美しいと思う。まして何も知らない人々が見れば、ルトヴィアスがアデラインを愛しているように見えるに違いない。

(醜聞《しゅうぶん》の払拭《ふっしょく》も、時間の問題ね)

ルトヴィアスは、婚約解消騒動《そうどう》のせいで政治的信用を失っていた。公的に認められた婚約を覆《くつがえ》そうとしたのだ。彼が将来、国王として結ぶだろう国家間の決め事なども信用できないと思われても仕方ない。けれど醜聞が払拭できれば、政治的信用もやがては回復するはずだ。

「はい。失礼いたします」

アデラインはもう一度膝を軽く折り、ルトヴィアスと父親に背を向ける。

ルトヴィアスが連れて来てくれた道順を戻るつもりで、厩舎の裏を回って回廊《かいろう》に出たが、その回廊の先に、見知った人影《ひとかげ》を見つけて、アデラインはギクリと立ち止まった。

（ハーデヴィヒ様！）

ここはハーデヴィヒの父親の屋敷《やしき》なのだから、どこで彼女《かのじょ》と出くわしてもおかしくないのだということを失念していた。できれば顔を合わせたくない。けれど引き返すのはあまりに露骨《ろこつ》な避《さ》け方だ。かと言って隠れる場所もない。

ハーデヴィヒは随分前からアデラインに気づいていたらしく、まっすぐにアデラインに向かって歩いて来る。

「ごきげんよう、アデライン様」

魅惑的《みわくてき》な赤い唇で挨拶《あいさつ》を述べると、彼女は菫色《すみれいろ》のドレスを細い指で少しだけつまみ上げ、軽く膝を折った。その様は優雅《ゆうが》で、そしてわざとらしいほどに恭しい。

「……ごきげんよう。ハーデヴィヒ様」

アデラインもハーデヴィヒと同じようにドレスを指先でつまみ、膝を折る。菫色のドレスを。

そう、ハーデヴィヒのドレスはアデラインのドレスと同じ色だった。けれどアデラインの飾《かざ》り気《け》がない地味なドレスと違い、ハーデヴィヒのドレスは紅紫《べにむらさき》のレースを裾《すそ》にあしらい、大きく開いた胸元《むなもと》には薔薇《ばら》に似せた飾りがついた優美なものだった。花帽《かぼう》にも同じ飾りをつけ、見事に結《ゆ》われた髪には菫がちりばめられている。同じ『菫色のドレス』にもかかわらず、アデラインとハーデヴィヒの装《よそお》いには温室で大切に育てられた菫と、畦道《あぜみち》で雨と泥《どろ》に濡れた菫ほどの違いがある。

「まぁ、私、なんて不調法を。アデライン様と同じ色のドレスを着てしまうなんて……お許しいただけます？　アデライン様」

ハーデヴィヒは申し訳なさそうに大仰《おおぎょう》に顔をしかめたが、その目は楽しそうに光っていた。

自分より明らかに高い身分の相手や客人と、ドレスの色がかぶらないように配慮《はいりょ》するのは、貴族社会で生きる女性の暗黙《あんもく》の作法だ。特に公的な行事では、貴婦人達はありとあらゆる人脈を使って高位の女性の衣装《いしょう》の情報を仕入れ、同じ色になることを避ける。

法令で定められているわけではないので色がかぶると投獄、なんてことはないが、周囲の顰蹙《ひんしゅく》を買うのは免《まぬが》れない。高位の婦人に取り入るためにわざわざ同じ色を身につける、なんて剛《ごう》の者《もの》もいるそうだが、勿論《もちろん》そんな例は極僅《ごくわず》かだ。

アデラインは宰相令嬢《さいしょうれいじょう》で、第一王子の婚約者。配慮をされる側の人間であるので、この作法を気にしたことはあまりない。そして実際に他者とドレスの色がかぶったのは初めてだった。

「そ、れは……勿論……あの……とてもお似合いです」

下位の者の失態は、寛容《かんよう》に許すのが上位の者の務め。

（でも、これは……）

「ありがとうございます、アデライン様」

当然とばかりに微笑むハーデヴィヒの様子に、アデラインは確信した。

（わざと、だわ）

ハーデヴィヒは、わざとアデラインと同じ色のドレスを着たのだ。アデライン相手に配慮するつもりはないと、遠回しに侮辱《ぶじょく》するために。それとも同じ色でも着る人間によってこうまで違うと、アデラインに見せつけるためか。

（どちらにしろ、ハーデヴィヒ様は私を嘲笑《あざわら》いに来たのだわ……）

アデラインは小さな体を、更《さら》に小さくした。

（……臣下に侮《あなど》られちゃいけない）

アデラインはまだ王太子妃ではない。しかし、やがて王妃《おうひ》になる身として、ハーデヴィヒの行為《こうい》を見過ごしてはならない。無礼者と叱責《しっせき》し、今すぐ着替《きが》えをするように命じるべきだ。

（でも……）

わかっていても、アデラインはハーデヴィヒと目を合わせることすらできなかった。ただ恥《は》じ入《い》り、怯《おび》え、そして自らが情けなくて縮こまるばかりだ。

おそらくハーデヴィヒも、アデラインが強く出ないとわかっていてこんなことをしているのだろう。

「あの……では私はこれで……」

アデラインの頭の中は、早くこの場から逃《に》げ出《だ》したいと、そのことでいっぱいだった。

「まあ、何かしらこの臭《にお》い」

「え？」

臭いとは何のことだろう。アデラインにはわからないが、ハーデヴィヒは不快そうに眉《まゆ》をひそめている。

「いやだわ、まるで厩舎の臭い。いったいどこからするのかしら？　ねえ、アデライン様」

「……っ」

かっと、顔が熱くなった。ハーデヴィヒはアデラインが馬糞《ばふん》臭いとあてこすっているのだ。けれどアデラインがいたシヴァの厩舎は、ルトヴィアスが清潔に掃除していて、大して臭《にお》わなかった。いくらなんでもこんな短時間でドレスに臭いがつくわけがない。

単にハーデヴィヒはアデラインがルトヴィアスと二人きりで厩舎にいたことを知っていて、それが気にくわないのだろう。ただ、そうとわかっていてもアデラインには言い返す度胸がない。

「私、失礼します」

アデラインは目を伏《ふ》せ、ハーデヴィヒを見ないようにして立ち去ろうとした。けれどその前にハーデヴィヒが立《た》ち塞《ふさ》がる。

「随分と、殿下と仲がよろしいのね。婚約解消騒動なんて嘘だったみたいだわ。一緒に天馬の世話をして、食事もお茶もずうっと一緒――――おかげで私が殿下に近づけないじゃない！」

ハーデヴィヒの声の調子が突然変わった。毛虫でも見るような目でハーデヴィヒはアデラインを見下し、今にも踏《ふ》み潰してしまいたいというように、靴《くつ》で床を踏《ふ》み鳴《な》らす。本当に踏み潰されるような錯覚《さっかく》に陥《おちい》り、アデラインは恐怖《きょうふ》に身を凍《こお》らせた。

「ルトヴィアス殿下にお近づきになれるせっかくの機会なのに！　貴女《あなた》が殿下の周りをちょろちょろしているおかげで、殿下とまともにお話もできないわ！」

「わ、私は……そんな……」

食事を一緒にとるのも、シヴァの厩舎に行ったのも、すべてルトヴィアスの気まぐれだ。それを訴《うった》えたいのに、ハーデヴィヒはアデラインの言葉など待ってくれない。次々に刃《やいば》のような声が降ってくる。

「あさましい女！　国境じゃ泣いて殿下に縋《すが》りついたそうね。大人しい顔してやるじゃないの。そうやって殿下に他の女を近づけないつもり？」

「そ、そういうわけじゃ……」

何か言い返さなければとアデラインは必死になるが、身を乗り出すようにして睨みつけてきたハーデヴィヒに臆《おく》して、声が途《と》切《ぎ》れる。

「ねぇ、まさか自分が本当に殿下のお心を得られたとでも思っているの？」

「……っ」

昨夜、アデラインの差し入れたパンを、落ちたにもかかわらず食べてくれたルトヴィアスの姿を思い出した。シヴァに見せた柔《やわ》らかな表情も。

（歩み寄れた気がした……。いいえ、殿下が歩み寄ってくれたような気がしたのに……）

なのに、ハーデヴィヒを目の前にすると、すべてが自分の勘違《かんちが》いだったような気がしてきて、アデラインは俯《うつむ》いた。

「……いいえ……」

『卑下するな』というルトヴィアスのあの言葉で、確かに軽くなったはずのアデラインの心は、けれどハーデヴィヒによって、また胸に抱《かか》えるには重く、つらいものと化してしまった。

アデラインの返事に満足したのか、ハーデヴィヒは微笑んだ。長い睫毛《まつげ》と、鮮《あざ》やかな紅をはいた厚い唇、豊かな胸から伸びるすらりとした肢体《したい》は、蠱惑的《こわくてき》な魅力《みりょく》に溢れている。人の目に触れないようにと、アデラインが身を小さくしているのとは対照的に、ハーデヴィヒは自らの美しさを誇《ほこ》り、自信に満ちて、堂々としていた。

「わかっているなら――――もう、私の邪魔をしないで。お飾《かざ》りはお飾りらしく隅《すみ》で大人しくしていてちょうだい」

「……」

もはや、アデラインは項垂《うなだ》れるしかない。

返事もろくにできないアデラインに、ハーデヴィヒはもう用はないとでもいうようにくるりと背を向けた。

「ああ、そうそう」

ハーデヴィヒはもう一度アデラインに向き直ると、美しさを見せびらかすように、それは嫣然《えんぜん》と微笑んでみせた。

「私が側室になったら、一緒にお茶をいたしましょうね、妃殿下《ひでんか》」

丁寧なその嫌味《いやみ》に、アデラインの中でぷつりと何かが切れた。

（どうして……ここまで言われなければいけないの？）

侮辱され、美しさを見せつけられ、己《おのれ》のみすぼらしさを目の前に突《つ》きつけられ――。

「私が……何をしたっていうの……」

ハーデヴィヒの背中が遠ざかり、ようやくアデラインは唇を震わせた。

「どうして……っ」

たまらず、アデラインは駆《か》け出《だ》した。

アデラインとハーデヴィヒに遠慮《えんりょ》して、少し離《はな》れた場所で控《ひか》えていた護衛の騎士が、慌てて叫《さけ》ぶ。

「お嬢様《じょうさま》!?」

アデラインは、けれど、そんなことにかまっていられなかった。

ドレスをたくし上げて回廊を走《はし》り抜《ぬ》け、曲がり角を無茶苦茶に何度か曲がる。

（私が、もしもっと美しかったら！）

容姿を嘲笑われることも、ハーデヴィヒから侮辱され傷つくこともなかっただろう。

『卑下するな』とルトヴィアスは言った。けれどどうすれば卑下せずにいられるというのだ。この顔がもっと美しければ、華《はな》やかでさえあれば、こんなにつらい思いをせずにすんだはずなのに。

「は……っはぁ……」

息が切れて苦しい。アデラインは誰もいない廊下《ろうか》の壁《かべ》に背中を預けた。

護衛の騎士の姿が見えない。急に走り出したアデラインを見失ったのだろう。一人歩きはしないという、ルトヴィアスとした約束を早くも破ってしまったが、今のアデラインにはそれもどうでもよかった。何もかもが煩《わずら》わしい。

ルトヴィアスも、国も、王妃になる身分や立場や、結婚《けっこん》も、今のアデラインにはすべてがただの重荷でしかなかった。何もかも投げ出して、逃げ出してしまいたい。

ふと、頭が軽いことに、アデラインは気がついた。

「……花帽《かぼう》が……」

頭の上に花帽がない。何処で落としたのだろう。来た道を振り返ったが見当たらない。

花帽を落とさないように、優雅に、姿勢よく歩くのが貴婦人のたしなみ。容姿に劣《おと》る分を補おうと、アデラインは行儀《ぎょうぎ》作法や立ち居ふるまいには、人一倍気をつけてきた。

(なのに花帽を落とすなんて……)

探しに戻ろうと足を一歩踏み出したところで、膝から崩《くず》れ落《お》ちた。膝が嗤《わら》っている。生まれて初めて、行儀作法をかなぐり捨てて走ったせいだ。

「……ふっ……」

涙《なみだ》が溢れる。

美しくもなく、それを補うための行儀作法さえままならない。
自分には、誇るものなど何もないのだと痛感させられた。
そんな自分が、アデラインは哀《あわ》れで、そして惨《みじ》めだった。

第十一話　王子の八つ当たり

アデラインを見ると、ルトヴィアスはどうしようもなくイライラしてしまう。

あの始終何かに怯《おび》えたようにおどおどした態度。頼《たよ》りなく、とても王妃《おうひ》が務まるようには思えない。王家に、しかも王太子に嫁《とつ》ぐことで発生する責任と義務を自覚しているようには、とても見えなかった。

（この十年何をしていたんだ）

妃《きさき》になるための教育は受けたはずだが、明らかに実になっていないではないか。教本を開きもせずに、優《やさ》しく美しい王子様のことばかり考えていたのだろうか。その光景を想像すると、ルトヴィアスの胸にもやもやと黒雲がたちこめる。

特にルトヴィアスを苛立《いらだ》たせるのは、アデラインが俯《うつむ》いてばかりで、まともにルトヴィアスを見ないことだ。ルトヴィアスから逃《に》げるように目を伏《ふ》せるアデラインを見ると、もう我慢《がまん》がならない。

そこまで気に入らないなら遠ざけてしまえばいいと自分でも思うのだが、どうしたことかそれはする気になれなかった。

無意識にアデラインの気配を探す自分に、ルトヴィアスはまた苛立った。いったい、自分は何がしたいのだ。

苛立ちは言葉と目線を刺々《とげとげ》しいものに変え、それを恐《おそ》れたアデラインが俯き、そしてそれにまたルトヴィアスが苛立つという奇妙《きみょう》な悪循環《あくじゅんかん》が発生しているのだが、ルトヴィアスはそれに気づくことがなかなかできなかった。

ルトヴィアスが、どうやら自分に問題があるらしいとようやく気づいたのは、昨夜のことだ。

騎士《きし》を真正面から叱《しか》りとばしたアデラインは、普段《ふだん》俯いてばかりの彼女《かのじょ》と同一人物とは思えなかった。更《さら》に、自分に無礼をはたらいたその騎士の減刑《げんけい》を訴《うった》え、まっすぐにルトヴィアスを見据《みす》える眼差《まなざ》し。知性と教養が宿る黒い瞳《ひとみ》は、自分の立場も責任も、十分に理解している。

今までの彼女は何だったのか。

猫《ねこ》を脱《ぬ》いだ自分に怯えていたのかもしれない、とようやくルトヴィアスは思い至った。

確かに、限りなく初対面に近い再会後すぐに、八つ当たりじみた怒《いか》りをアデラインにぶつけたのは悪かった。

相手は正真正銘《しょうしんしょうめい》、深窓の令嬢《れいじょう》だ。男とまともに話したこともないだろうに、いきなり睨《にら》まれ毒づかれては怯えるのも当たり前だ。

けれど、とルトヴィアスは首を傾《かし》げた。どうにも、すべて自分だけのせいとも思えない。

彼女の、他人の顔色を窺《うかが》うような態度は、ルトヴィアス以外の誰《だれ》に対しても変わらないからだ。隠《かく》れるように息を殺すのは何故《なぜ》なのか。何故、俯くのだろう。まるで自らを恥《は》じるように。

何か込《こ》み入《い》った事情でもあるのかと、ルトヴィアスは疑ったが、蓋《ふた》を開けてみれば何てことはない。

『私の顔が地味だから！　だからきっと騎士達《たち》は覚えづらいんです！』

アデラインの半泣きの顔に、ルトヴィアスは不覚にも噴《ふ》き出《だ》してしまった。

(それで俯いていたのか)

納得《なっとく》すると同時に、正直、呆《あき》れてしまった。

どうも、アデラインは自分の容姿に自信がないようだ。いや、自信がないというよりは、自分の容姿を恥じている。

確かに、アデラインは一般的《いっぱんてき》な美人の条件にはあてはまらない。けれど不器量では決してないし、自分を卑下《ひげ》するほど気に病《や》むなど、ルトヴィアスにとっては理解が難しい。容姿など、年齢《ねんれい》と共に衰《おとろ》える張りぼてのようなもの。そんなものに振《ふ》り回《まわ》されるなど、愚《おろ》か者《もの》以外の何者でもない。

けれど女とは、その張りぼての美しさのために、呼吸困難に陥《おちい》るほどコルセットを縛《しば》り上《あ》げる謎《なぞ》の生き物だ。特にアデラインは若い。アデラインが深刻に自分の顔形を悩《なや》んでいるなら、噴き出したりして申し訳ないことをした。しかも、慰《なぐさ》めも相当下手だった。

それを謝《あやま》ろうと思って、天馬《てんま》に興味があるというアデラインをシヴァの厩舎《きゅうしゃ》に誘《さそ》ったのだ。

だが今までの態度が散々だったこともあり、なかなか謝るきっかけを摑《つか》めずに時間だけが過ぎてしまった。

（結局、会話らしい会話もできなかったな……）

騎士に伴《ともな》われて遠ざかるアデラインの後ろ姿を、ルトヴィアスは横目で見送った。

「……邪魔《じゃま》をしてしまいましたかな？」

「え？」

アデラインの父である宰相《さいしょう》ファニアスの言葉に、ルトヴィアスは我に返る。渡《わた》された書簡はほとんど読めていない。

「早速《さっそく》のお誘い。娘《むすめ》に代わって御礼申《おんれいもう》し上《あ》げます」

深々と頭を下げる目の前の男を、ルトヴィアスは気まずく見下ろす。

そういえば、目の前の家臣はアデラインの父親だった。アデラインが幼い頃《ころ》から天馬を見たがっていると、昨夜何気なく教えてくれたのも彼《かれ》だ。

ルトヴィアスはしっかりと猫をかぶり直し、控《ひか》えめに微笑《ほほえ》む。

ファニアスは頭がきれる。そんな彼の前では、少しの油断で猫を暴かれかねない。

「時間が空いたもので……アデラインも少しは暇潰《ひまつぶ》しができたんじゃないでしょうか。雨もあがりましたし、明日には出立できそうですね」

実はおたくのお嬢《じょう》さんにかなりキツイ態度で接しています、なんて懺悔《ざんげ》もできずに、ルトヴィアスはアデラインの話題を切り上げようとした。

けれどファニアスの口から出てきたのは、またしても娘の名前だった。

「アデラインは……あの通り内気過ぎる娘です。殿下《でんか》や内政に口出しすることもございません。どうぞご随意《ずいい》に扱われませ」

その言葉は、まるで娘を政治の駒《こま》としてうまく使えと言っているように聞こえ、ルトヴィアスは眉《まゆ》をひそめた。

何故か不快だった。自分がアデラインにつらく当たっていることは棚《たな》に上げて。

「……アデラインは貴方《あなた》の娘でしょう？」

「いかにも」

「それなら、娘を幸せにしてくださいとか、他にも言いようがあるのではないですか？」

暗に批難したが、ファニアスは涼《すず》しい顔で答えを返してきた。

「私人としてより公人の立場を優先させることにしております。娘もそれはよくわかっているはずです」

「……」

アデラインが哀《あわ》れだった。人の顔をした魑魅魍魎《ちみもうりょう》がたむろする宮廷《きゅうてい》に、身一つで放《ほう》りこまれるのだ。父親くらい、無条件でアデラインの味方でいてやってもいいはずなのに。

「……殿下のそのご様子で、安心いたしました。私が下手に案じなくとも娘をお守りいただけそうですな」

ファニアスが、満足げに微笑む。それは柔《やわ》らかく、穏《おだ》やかな、どこか懐《なつ》かしさを感じさせる表情だった。

ルトヴィアスは幼い頃にも彼と接する機会が多かったが、こんな笑顔《えがお》を見たのは初めてだ。ルードサクシードが誇《ほこ》る名宰相は、どちらかといえば冷たい印象が強い、厳格な男なのだ。

ファニアスのその表情に、ルトヴィアスは内心舌打ちをした。

「……私を謀《はか》りましたね？」

ルトヴィアスがため息と共に窺うと、ファニアスは首を振《ふ》った。

「いいえ、本心ですとも。勿論《もちろん》かわいい一人娘《ひとりむすめ》の幸せは願っておりますが、娘がどんな人生を送るかは娘次第《しだい》」

「……」

詭弁《きべん》だ。けれど彼にそれを訴えても、きっとうまく煙《けむ》にまかれてしまうに違《ちが》いない。

「それに……貴方はお若いのに政治の機微《きび》にお詳《くわ》しすぎる。逆にそれが危《あや》うく見えていましたが……情に流される一面もあるようですな。結構結構」

「……」

つまりは娘を託《たく》す婿《むこ》としてだけではなく、為政者《いせいしゃ》としてのルトヴィアスの人となりまで見ていたというわけだ。

これだから政治家という人種は信用ならない。

ルトヴィアスはわざとらしく咳払《せきばら》いすると、書簡を巻き直した。

「部屋に戻《もど》ります」

「お供いたします」

歩き出したルトヴィアスの後ろを、ファニアスがついてくる。

どうにも彼の前では猫がかぶりにくい。彼が一枚上手《うわて》ということか。

「……それに、貴方は我《わ》が娘を既《すで》に守ってくださっている。おかげで娘は何も案ずることなく食事をすることができます」

ファニアスが言わんとしていることがわかり、ルトヴィアスは立ち止まった。

「……そんなふうに言われると困ります。まるで私が立派なことをしているようだ」

「立派ですとも。貴方がどれだけ苦心して娘を守っているか、娘に言って聞かせてやりたいくらいです」

「マルセリオ」

ルトヴィアスが肩越《かたご》しに目線をやると、ファニアスは目礼で応えた。

「わかっております。娘には決して」

「ええ、そうしてください」

アデラインに伝える必要はない。感謝されたくてしているわけではないし、伝えたところで、アデラインのルトヴィアスに対する苦手意識は変わらないだろう。

それにしても、何故自分は後先考えず、その場の感情に任せてアデラインの前で猫を脱いだのだろうか。今更《いまさら》ルトヴィアスに怯えるアデラインの機嫌《きげん》をとって、それなりの夫婦《ふうふ》関係を築くのは億劫《おっくう》だ。気が短い自分に、そんな気長なことができるはずがない。いっそ後継《あとつ》ぎは側室に産ませた方が手っ取り早いし、アデラインのためにもなるのではないか。

(アデラインのため？)

ルトヴィアスは首を傾げた。

自分はアデラインを気遣《きづか》っているのか？　それこそ今更だろうに。

「……一つだけ。よろしいですか殿下」

「……マルセリオ？」

ルトヴィアスは、振《ふ》り向《む》いた。

穏やかな、見守るような、それでいて自らの無力さを噛《か》み締《し》めるようなファニアスの表情。やはり見覚えがある。

ふわりと風が吹《ふ》く。雨雲が飛ばされて、晴れ間がのぞいた。

「娘を愛していただきたいとは申しません。愛情は人に言われて育つものではありませんから」

ああ、やはりこの宰相には、ルトヴィアスの心情などお見通しなのかもしれない。

それでも娘の政略結婚《けっこん》に踏《ふ》み切《き》るのは、彼の政治家としての決断なのか。それとも……。

二代の国王に仕え、戦乱の時代を生《い》き抜《ぬ》いた男の心情を窺い知るには、ようやく二十歳《はたち》のルトヴィアスはまだ幼すぎる。

「けれど娘は、アデラインは、ああ見えて矜持《きょうじ》の高い娘です。どうかあの子の誇りだけは、丁重《ていちょう》に扱ってやっていただきたい」

ルトヴィアスは首を傾げた。アデラインの矜持が高いとは、どういうことか。逆ではないのか。

「……高いようには見えませんが？」

「高いからこそ、自らを卑下するのです。至らぬ自分があの子は許せない」

娘を思う、人間的な顔。

ルトヴィアスはやっと思い出した。

（父上……）

ルトヴィアスを皇国に送り出した日の父王も、こんな顔をしていた。

子供を案じる父親は、皆《みな》こんな顔をするのだろうか。

「……心に留め置くことにします」

「ありがとうございます」

「ああ！　こちらにいらっしゃった！」

突然《とつぜん》かけられた声にやや驚《おどろ》きつつ、そしてまた内心舌打ちしつつ、ルトヴィアスは声のした方へ向き直った。

近づいてきた小肥《こぶと》りの中年男は、へらへらとわかりやすい愛想笑《あいそわら》いを浮《う》かべている。男の名前はロルヘルド。ルトヴィアス達が昨日から滞在《たいざい》しているこの屋敷《やしき》の主人だ。

「お部屋にいないので随分《ずいぶん》探しましたよ、殿下」

「それはすみません。今戻るところなのです」

理知的な微笑みで、ルトヴィアスは線引きをし、必要以上にロルヘルドに関わらないように警戒《けいかい》した。

ロルヘルドは、ルトヴィアスに取り入ろうと昨日からまとわりついて、煩《うるさ》くてかなわない。それはファニアスも同じようで、不快感を隠すためか、彼は見事に顔から表情を削《そ》ぎ落としていた。

「殿下は急ぎ処理する書簡がございますので、では失礼」

「いやいや、お時間はとらせません！　今日の夜のことなのですが……」

しぶとく食い下がるロルヘルドの話に、ルトヴィアスとファニアスは仕方なく耳を貸すことにした。しかしルトヴィアスはロルヘルドからすぐに興味を失い、違うことを考え始めた。

（そういえば、初めてだったな）

昨夜、アデラインがルトヴィアスの前で笑ったのだ。再会してから、いつも泣きそうな顔か、作り笑いしか見ていなかったのに。いや、それもルトヴィアスが彼女を虐《いじ》めていたせいなのだが。

声を上げて笑ったアデラインは、まるで物陰《ものかげ》で人知れず咲《さ》く野バラのようだった。

見つけた人間は、足を止めずにはいられない。とてつもなくいいものを見つけた気分にさせた。

（もし、またシヴァに会わせてやったら……）

アデラインは笑うだろうか。

シヴァの鬣《たてがみ》をすくアデラインは、明るい顔をしていた。

（いや、それじゃ足りないか？）

シヴァに乗せてやるのはどうだろう。それがアデラインの幼い頃からの夢だと宰相は言っていたから、笑顔を見せるかもしれない。

けれど天馬特有の気《き》まぐれな飛行と高さに、果たしてアデラインが耐《た》えられるのか。ルトヴィアスが過去にシヴァに乗せたことがあるただ一人の女性は、もう二度とごめんだと目を回していた。

「……というわけで、夕食はそのように取り計らってもよろしいでしょうか？」

ロルヘルドに急に水を向けられて、ルトヴィアスは上の空で頷《うなず》いた。

「ああ、かまいませんよ」

隣《となり》でファニアスがギョッと目を剝《む》く。

「殿下、よろしいのですか？」

「夕食くらいかまわないのでは？」

話はよく聞いていなかったが、この煩《わずら》わしい男が満足して大人しくなるなら、夕食を一《いっ》緒《しょ》にとるくらい良いのではないか。

「感謝いたします！　娘も喜びます！　それでは早速手配を……」

ロルヘルドは喜色満面で、踊《おど》るようにして行ってしまった。

（娘？）

娘とは、昨日この屋敷に到着《とうちゃく》した時にロルヘルドの後ろに控えていた香水《こうすい》をぷんぷん匂《にお》わせた女のことだろうか。その娘と夕食がどうして関係がある。

「……ご令嬢のハーデヴィヒ嬢《じょう》が、殿下と是非《ぜひ》お話をしたく夕食を一緒にいかがですかと」

「……何ですって？」

「……ご側室を迎《むか》えるのはお止めしませんが……王室の外聞もございます。せめて結婚後にしていただけると……」

「……」

妙齢《みょうれい》の未婚《みこん》女性と二人で食事など、そういう噂《うわさ》になることは間違《まちが》いない。それはまずい。かなりまずい。

自分が下手を打ったと、ルトヴィアスはようやく気がついた。醜聞《しゅうぶん》がまた増えるのは願い下げだ。

手を額にあてる。考え事をするときの、ルトヴィアスの癖《くせ》だ。

「……貴方とアデラインも同席すると……夕食会の形に何とかもっていけないでしょうか？」

「……かしこまりました」

ファニアスは一礼して、ロルヘルドを追いかけて行った。

ルトヴィアスはため息を吐《は》く。

とりあえず、自分は書簡を片付けなければ。今日も忙《いそが》しい日になりそうだ。

（あの女に関わるとろくなことがない）

心のうちで、ルトヴィアスはまたしても、アデラインに八つ当たりした。

第十二話 醜い本音

ハーデヴィヒの前から逃げ出《にだ》したアデラインは、護衛の騎士《きし》ともはぐれ、花帽《かぼう》もなくし、廊下《ろうか》の隅《すみ》で途方《とほう》にくれていた。涙《なみだ》も枯《か》れ、かといって立ち上がる気力もなく、どこをどう行けば自室に戻《もど》れるのかもわからない。

どうやら人通りの少ない廊下に迷《まよ》いこんだらしい。どれくらいの時間そこにうずくまっていたかはわからないが、その間、召使《めしつか》いの一人も通らなかった。

まるで広い屋敷《やしき》の中、ただ一人取り残されたようだ。

（もしこのまま誰《だれ》も探しに来てくれなかったら……）

そうしたら、屋敷をそっと出てみようか。アデラインは字が読めるし、日常会話程度なら皇国の言葉も話せる。学があるなら、どこか商家で仕事が見つからないだろうか。

そうやって、王族ともマルセリオの家とも関わりをもたずに生きていけたら、どんなに気が楽だろう。

「アデラインお嬢様《じょうさま》？」

声をかけられて、冒険《ぼうけん》の想像が一瞬《いっしゅん》でしぼむ。

アデラインはぼんやりとその人を仰《あお》ぎ見《み》た。

長身のその男性は、長い黒髪《くろかみ》を右耳の後ろで一つに縛《しば》り、足元まである長い上衣を着ていた。

(誰?)

涙で視界がぼやけている。

「……泣いていらしたのですか?」

その人は片膝《かたひざ》をついて、アデラインの頬《ほお》に、その手を添《そ》えた。

「いったいどうしたのです?」

目元の涙を指で拭《ぬぐ》われ、アデラインはその人が兄のように慕《した》う従兄《いとこ》だとようやく気がついた。五歳年上の彼《かれ》は、アデラインの父ファニアスの妹の息子《むすこ》で、アデラインにとっては父親の次に頼《たよ》りにしている人だ。

「……オーリオ。どうしてここに?」

父の秘書官の一人として働いているオーリオは、他数人の秘書官と共に王宮で留守を守る役目にあったはずだ。ルトヴィアスを出迎《でむか》えるために国境に発《た》つアデラインを、王都で見送ってくれた。

「殿下《でんか》に書簡をお持ちしたんです。それより、どうされたんです?　もしや殿下と何かあったんですか?」

オーリオの頬にはアデラインへの気遣《きづか》いと、そして誰かしらへの怒《いか》りが滲《にじ》んでいた。おそらくルトヴィアスへの。

アデラインはゆるゆると首を振《ふ》った。

「……いいえ、殿下は何も」

「それならどうして泣いていらしたのです？　しかもこんな裏口の近くで一人きりで……」

「それは……」

アデラインは口をつぐんだ。ハーデヴィヒとのやりとりをオーリオに話せば、オーリオはきっとすぐに宰相《さいしょう》であるアデラインの父に報告するだろう。未来の王妃《おうひ》を侮辱《ぶじょく》した咎《とが》で、ハーデヴィヒはおそらく何かしらの罰《ばつ》を受けることになる。

（自分では一言も言い返せないのに……）

父親と身分を使わないとやり返せない自分が、また情けなくて、新しい涙がホロリとこぼれる。

その涙を、アデラインの返事とみなしたオーリオは、おもむろに立ち上がった。

「殿下に言上いたします」

「ま、待って！」

アデラインは慌《あわ》ててオーリオの袖《そで》を引っ張った。

「殿下と何かあったわけじゃないの！　本当よ！」

「それなら何故《なぜ》……」

「私。あの、か、花帽を風に飛ばされて……なくしてしまって……」

我ながら説得力に乏《とぼ》しい。

けれどオーリオにルトヴィアスへ言上させるわけにはいかない。ルトヴィアスは無実なのだし、妙《みょう》な言上をしたことでオーリオがルトヴィアスに咎められては困る。

「……花帽？」

オーリオは怪訝《けげん》そうだ。

それはそうだろう。いくら花帽をかぶるのが貴婦人のたしなみとはいえ、風で飛ばされたからと泣く人など聞いたこともない。

「お、お気に入りの、花帽だったの」

「ではお探ししましょう。どのあたりで飛ばされたのです？」

「い、いいの！　大して気に入っているものでもないし！」

花帽を探してあたりを見回すオーリオの上衣を、アデラインは慌てて引っ張った。忙《いそが》しいであろうオーリオの手を煩《わずら》わせてはいけない。けれど、オーリオは顔をしかめて言った。

「気に入っていた花帽をなくしたから、泣いていらっしゃったのでは？」

「あ……」

完全に墓穴《ぼけつ》である。

「本当の理由は何です？」

「……」

何か口にしては墓穴を更《さら》に深く掘《ほ》り下《さ》げてしまいそうで、アデラインは口を閉《と》ざす。

アデラインが口を開くのを粘《ねば》り強《づよ》く待っていたオーリオだったが、やがてため息と一緒《いっしょ》に、渋々《しぶしぶ》という具合に頷《うなず》いた。

「わかりました。言いたくないのなら、もうお聞きいたしません」

「……ありがとう」

アデラインはほっと胸をなで下《お》ろした。

オーリオはあの婚約《こんやく》解消騒動《そうどう》の後、態度が変わらなかった数少ない一人だ。

従兄妹《いとこ》同士であるのだから敬語はやめて欲《ほ》しいとアデラインが言っても『立場をわきまえていますので』とマルセリオ家当主の娘《むすめ》であるアデラインをたてるのを譲《ゆず》らないほど真面目だ。表情が乏しいせいで一見冷たい人間に思われがちだが、本当は優《やさ》しい人だ。一人っ子のアデラインは、彼のような兄がいたらどんなにいいかと、何度も思ったことがある。

その願いが天に届いたのか、オーリオはアデラインがルトヴィアスに嫁《とつ》いだ後、マルセリオ家の後継《あとつ》ぎとしてアデラインの父の養子になることが先日決まった。遠からずオーリオはアデラインの本当の兄になるのだ。

「お召《め》し物《もの》が汚《よご》れますよ」

オーリオはアデラインの手を取り、支えて立ち上がらせてくれた。

「……ごめんなさい……」

「かまいません。部屋はどちらです？　お送りします」

それがわからない、と口を開けようとすると、足音が近づいてきた。

「ああ！　よかった！　いらっしゃった！」

角を曲がってきた騎士が、アデラインの顔を見て安堵《あんど》したように顔を緩《ゆる》ませた。アデラインの護衛についてくれた彼だ。まさかずっと探してくれていたのだろうか。

「護衛の者か？」

「は、はい！」

オーリオの厳しい口調に、若い騎士は慌てて跪《ひざまず》く。

「お嬢様を一人にするとは何事だ！　何かあったらどうするつもりだ！」

「申し訳ございません！」

オーリオの厳しい叱責《しっせき》に、今度はアデラインが慌てた。

「ま、待ってオーリオ。私が悪いの。私が……」

「勿論《もちろん》です。どのような事情があるにせよ、お一人歩きをするなどご自覚が足りません」

「……ご、ごめんなさい……」

アデラインは叱《しか》られて首をすくめた。けれどクスリと、口から笑いがこぼれる。

「お嬢様？」

「……昔みたいね。あなたに家庭教師をしてもらっていた頃みたい」

四年前、オーリオはアデラインの家庭教師を務めてくれた。経済、歴史、語学、様々な分野にオーリオは精通しており、アデラインのわからないことは嚙《か》み砕《くだ》いて何度も説明してくれた。

「……あの頃《ころ》はよかったわ……」

自分の容姿には自信はなかったけれど、鏡を見るのもドレスを選ぶのも今ほど苦痛ではなかった。ルトヴィアスに相応《ふさわ》しくなろうと、夢中で努力した日々は毎日が充実《じゅうじつ》して、友人もたくさんいた。いや、実際は皆《みな》友人のふりをしていただけだったのだけど。

『自分を卑下《ひげ》するな』

ルトヴィアスが言ってくれた言葉を、抱《だ》き締めるようにアデラインは胸を押《お》さえた。

いつの間にか、自分でも気づかぬうちに、ルトヴィアスに言われた言葉を心の支えにしている自分がいる。

(何故かしら……)

そのままでいいと、言われた気がしたからか。

それとも、怖《こわ》いだけではない、彼の穏《おだ》やかな表情を見たからか……。

「……もし」

オーリオが沈痛《ちんつう》な面持《おもも》ちで口を開き、思考の海に漂《ただよ》っていたアデラインは我に返る。

「え？　何？」

「もし、私がお嬢様を……」

そこまで言って、オーリオは騎士が側にいたことを思い出したようで、口をつぐんだ。

「オーリオ？」

「……何でもありません。お部屋までお送りするように」

「はっ」

騎士がかしこまる。

「王都に戻ったら屋敷に是非《ぜひ》寄ってちょうだいね。またお話を聞かせてくれたら嬉《うれ》しいわ」

「かしこまりました」

小さく笑ったオーリオに、アデラインも小さく笑い返す。

「……行きましょう」

騎士を促《うなが》し、アデラインは重い足取りで廊下を歩き始めた。


部屋の前に到着《とうちゃく》するとアデラインは護衛してくれた騎士を振《ふ》り返《かえ》った。

「ここまでありがとう。あの……お願いがあるの」

「はい？」

「もし私の父やオーリオや……ルトヴィアス殿下から、私とハーデヴィヒ様に何があったか聞かれても、黙《だま》っておいて欲しいの」

「……かしこまりました」

騎士は少し戸惑《とまど》うような素振《そぶ》りを見せたが、それでも頷くと一礼して去って行った。

アデラインがハーデヴィヒと何を話したか、少し離《はな》れて控《ひか》えていた彼には聞こえなかっただろう。けれどハーデヴィヒがアデラインと同じ色のドレスを着ていたことには気づいたはずだ。騎士が任務中のことをやたらと他人に話すとは思えないけれど、一応口止めしておくに越《こ》したことはない。

(殿下には知られたくない……)

あからさまな侮辱を受けながらも、叱責一つできないほどにアデラインが気弱だと、誰よりルトヴィアスに知られるのが、何故かどうしても嫌《いや》だった。

部屋の中で迎《むか》えてくれたミレーは、泣き腫《は》らした顔のアデラインを見るなり仰天《ぎょうてん》したが、アデラインが『花帽が飛ばされて』と、オーリオに言ったものと同じ嘘《うそ》をつくと、納《なっ》得《とく》できないという顔をしつつも、それ以上は聞かずにいてくれた。

顔を洗い、ミレーが用意してくれた替《か》えのドレスと花帽に着替《きが》える。

化粧《けしょう》はしなかった。まだ目が、赤く腫れていたからだ。

「氷水に浸《ひた》した布をお持ちしましょう。冷やせば腫れも良くなります」

「ありがとう、ミレー」

ルトヴィアスが昼食に訪《おとず》れるまでには、普段《ふだん》の顔に戻さなければ。

今ルトヴィアスに泣いた理由を訊《き》かれたら、きっとルトヴィアスを責めてしまう気がした。ルトヴィアスがアデラインと婚約解消をしようとしたから、こんなふうに自分は周囲に侮《あなど》られるようになってしまったのだと。全部貴方《あなた》のせいだ、と。

(みっともない……)

婚約解消騒動は、ただのきっかけだ。あれ以来誰もがアデラインへの侮蔑《ぶべつ》を隠《かく》さなくなりはしたが、それ以前から、アデラインが周囲から侮られていたことに変わりはない。なのにルトヴィアスのせいにするなど、あまりにも自分が情けない。

アデラインが重いため息を吐《は》いたその時、ひどく慌てた様子でミレーが部屋に戻ってきた。氷を取りに行ったはずだが、いくらも経っていない。

「どうしたの？　ミレー？」

「……殿下が」

「え？」

「殿下がお越しです」

ガタンッと、立ち上がった拍子《ひょうし》に、椅子《いす》が倒《たお》れる。

(ど、どうして!?)

昼食には時間が随分《ずいぶん》早い。何か急ぎの用事なのだろうか。

いずれにせよ、会うわけにはいかない。

「わ、私は、私はお会いできないって言ってきて！」

「ですがお嬢様……」

「お願いミレー！　こんな顔を見られたら何て言われるか……」

何も悪くないルトヴィアスを責めるようなことだけはしたくない。それこそ惨《みじ》めすぎる。

ミレーはおろおろと困り果てていたが、また泣き出しそうなアデラインの顔を見て意を決したようだった。

「ご気分が悪くて休んでいることにいたしましょう」

「え？」

「お嬢様、寝台《しんだい》へお入りください。天幕を下ろします」

ミレーに言われるままにアデラインは寝台に上がる。

「ではお断りして参りますから、そこでお待ちください」

ミレーの足音が遠ざかり、扉《とびら》を開けて出ていった。

アデラインは固唾《かたず》を飲んで、扉の向こうの気配を窺《うかが》う。何を話しているかまではわからないが、人が会話をしているのはわかる。

数刻前まで一緒にいたルトヴィアスが、気分が悪いなんて下手な嘘を信じるだろうか。王族を欺《あざむ》くなど、何て恐ろしいことをミレーにさせてしまったのだろうと、今更《いまさら》ながら面会を拒絶《きょぜつ》されたと怒《おこ》りはしないか。

アデラインは後悔《こうかい》した。下手をすればミレーは罰《ばっ》せられてしまう。けれどもう出ていくわけにもいかない。今はただルトヴィアスがとりあえずでも納得して、引き返してくれるのを願うだけだ。

バタン。

扉が開く音に、アデラインは飛び上がった。

「殿下！　お待ちくださいまし！　お嬢様はご気分が優《すぐ》れず……」

ミレーが必死に止める声がする。けれどルトヴィアスの足音はそれに一切《いっさい》かまうことなく、つかつかとアデラインのいる寝台へ近づいてくる。アデラインは身を凍《こお》らせた。

（どうしよう！　こっちに来る！）

寝台の手前でルトヴィアスの足音は止まった。

「少しでいいので部屋から出ていってくれませんか」

ミレーに向けられたルトヴィアスの声は、静かで優しげだ。

けれどそれがアデラインには逆に恐ろしい。

「ですが……」

「何も手荒《てあら》なことをしようというわけじゃありません。私はただ婚約者を心配しているだけです」

「で、でもお嬢様は……」

食い下がるミレーを、アデラインは寝台の中から止める。

「いいの、ミレー。少し下がっていて」

「お嬢様……」

「大丈夫《だいじょうぶ》だから」

まったく大丈夫な気はしないが、ミレーが罰を受けるようなことになるのは避《さ》けたい。

ミレーの足音が、戸惑いながら遠ざかり、扉が閉まった。

「……気分が悪い？　シヴァの鬣《たてがみ》を上機嫌《じょうきげん》ですいていたのはどこのどいつだ」

低くなったルトヴィアスの声には、苛立《いらだ》ちが混ざっている。

「どれだけ気に入っていた花帽だか知らないが、落《お》ちこむほどのことなのか？」

「あ、あの……」

「え？」

「花帽をなくしたんだろう？」

「あ、はい！　そうなんです！　本当に気に入っていた物で……」

ミレーはいったい何と説明したのだろう。花帽をなくして気落ちしているとでも言ったのだろうか。とんでもなく説得力に欠けるが、アデラインも人のことは言えない。しかし、ルトヴィアスがそれを信じたのだろうか。

「それなら仕立屋を呼ぶから、なくした花帽と同じものをつくれ」

ルトヴィアスの事も無げな発言に、アデラインは目を見張る。

「い、いえ！　そんな」

「今夜夕食会がある」

「はい？」

そんな予定があっただろうか。

「……雨で……予定がずれたせいで急遽《きゅうきょ》そうなった。本当に具合が悪いわけではないんだろう？」

「それは……」

アデラインは口ごもる。ここで頷いては、ミレーが嘘をついたことになってしまわないか。

ルトヴィアスは、アデラインの返事を待ってくれていたが、それが返ってこないとわかると、ため息を落とした。そのため息が、アデラインの胸に鉛《なまり》のように、重くのしかかる。

「とにかく、仕立屋を呼ぶ。既製品《きせいひん》を持ってこさせるからそのなかから夕食会で着るドレスを選べ」

「ドレスなら、持ってきている物のなかから……」

「それは俺《おれ》の隣《となり》に立てる衣装《いしょう》か？」

アデラインは息をのんだ。

ドレスの端《はし》を握《にぎ》り締める。

胡桃色《くるみいろ》のドレスは、やはり何の飾《かざ》り気《け》もない、地味で、見映《みば》えがしないものだ。

「何を着ようがお前の勝手だ。だが俺の隣に立つ以上、自分が何者であるか自覚しろ」

同じことを、父にも言われたことがある。

何度も何度も。王妃の装《よそお》いは国威《こくい》を示すもの。だからそれに相応しい装いをしろと。

（わかってるわ）

このドレスが、次期王妃として相応しくないということはわかっている。

せめて夕食会に出席するだろう他の婦人に、遜色《そんしょく》ないものを着なければ。

けれど何を着ればいいというのだ。何を着たところで、アデラインでは威厳《いげん》など示せるとは思えない。

「私が着飾《きかざ》ってもみっともないだけです」

不思議なことに、声は震《ふる》えなかった。普段であれば、アデラインはこんなふうに言い返すことさえできない。

けれどその時のアデラインの心のうちでは、ルトヴィアスに対する畏《おそ》れ多《おお》さよりも、遠慮《えんりょ》よりも、煮《に》え返るような憤《いきどお》りが圧倒的《あっとうてき》に上回っていた。

この顔に生まれたのは、アデラインのせいではない。努力で補えるものならともかく、そうでないものを要求されて、自分ごときに何ができるというのだ、と。

「……言ったはずだぞ、自分を卑下するのはやめろと」

ルトヴィアスの声は、苛立ちを通《とお》り越《こ》して、怒りを溜《た》めこんでいる。彼がそれを爆発《ばくはつ》させるのを、かなりの努力で堪《こら》えていることが、アデラインには何故かわかる。

ずっとルトヴィアスが怖くて、顔をまともに見られなかったからか、声だけで彼の感情の動きを察することができるようになったのかもしれない。

『卑下するな』と、先程《さきほど》まで心の支えにしていた言葉が、アデラインの胸に突《つ》き刺《さ》さる。その痛みに、アデラインの憤りは煽《あお》られた。

「卑下などしていません。私には手持ちのドレスが身《み》の丈《たけ》に合っています。新しいドレスは必要ありません」

「王家は未来の王妃に仕度金《したくきん》も出せないのかと思われる！」

「無駄遣《むだづか》いするよりましです！　私はこれでいいんです！」

ルトヴィアスに対抗《たいこう》するように、アデラインも大声を出した。こんな大声を出したのは生まれて初めてだ。

「……たかだか容姿に何をこだわってるんだ、お前は」

低い、唸《うな》るような声に、アデラインのただでさえ半壊《はんかい》だった涙腺《るいせん》が、突如決壊《とつじょけっかい》した。

「殿下には私の気持ちなんてわかりません!!」

ルトヴィアスは美しい。そして三年前、やはり美しい女性を愛したではないか。

どうやったってアデラインには、その美しさは手に入らない。その悔《くや》しさは、ルトヴィアスには絶対にわからない。

「出ていってください！　出てって！　気分が悪いので食欲もありません！　どうぞ昼食は殿下お一人でおとりください！」

嗚咽《おえつ》が漏《も》れ、握《にぎ》り締《し》めた手の甲に、ポタポタと涙が落ちる。

「……おい、泣いているのか？」

天幕の向こうで、ルトヴィアスがたじろいでいる。

アデラインは応えられない。今声を出せば、きっとみっともなく泣き喚《わめ》いてしまう。

「……開けるぞ」

駄目《だめ》だ、と言う間もなく、ルトヴィアスが天幕を開けて、その隙間《すきま》から姿をあらわす。

アデラインの顔をのぞきこむように、ルトヴィアスが屈《かが》んで寝台に手をついた。

見られまいとアデラインは顔を背《そむ》けたが、無駄《むだ》だった。

ルトヴィアスが、軽く息をのむ。

「……何があった？」

泣き腫らした顔は、今の言い争いによるものではないと、ルトヴィアスは察したらしい。

「答えろアデライン」

「……何も」

「何もないのに目が腫れるほど泣くわけないだろう!?」

「……」

「アデライン!!」

部屋の扉が、外から強く叩《たた》かれた。

「あの、ルトヴィアス殿下……お嬢様？　大丈夫ですか？」

ミレーの心配そうな声がする。

内容はわからなくても、ルトヴィアスとアデラインが大声で言い争っているのが聞こえたのだろう。

アデラインは深呼吸すると、平静を装った声でミレーに応えた。

「大丈夫。大丈夫よ、ミレー」

「は、はい……」

ミレーの声が消え入り、部屋の中に、重い沈黙《ちんもく》が落ちる。

狭《せま》い天幕の中、けれど二つの心は、影《かげ》すら重ならない。

「……卑下するなと……おっしゃってくださったじゃありませんか。私はこれでいいんです……」

目立たず、地味に。それが名ばかりの妃《きさき》に相応しい装いだ。

そうしているうちに、いるのかどうかわからない亡霊《ぼうれい》のように、やがて景色に溶《と》けこんでしまうだろう。

それでいい。

早くそうなってしまいたい。

寝台が、僅《わず》かにギシリと鳴った。ルトヴィアスが身じろいだのだ。

「……アデライン」

「……」

返事はしなかった。

したくなかった。

「俺を見ろ」

見たくない。

「見ろ！」

ルトヴィアスがアデラインの肩《かた》を摑《つか》み、強引《ごういん》に引き寄せようとするのに、アデラインは反射的に抵抗《ていこう》した。

「やっ！」

身をよじった拍子にアデラインの体が傾《かし》ぎ、それを追いかけるようにしてルトヴィアスも寝台に倒《たお》れこむ。

白い敷布《しきふ》の上に、アデラインの長い三つ編みが放り出された。

今自分が誰の体の下にいるのか悟《さと》ったアデラインは、羞恥《しゅうち》で震え、指一本動かせない。

「……アデライン。俺を見ろ」

近すぎる声と息遣《いきづか》いに、アデラインはとてもではないが視線を上げることができなかった。寝台に手をつくルトヴィアスの腕《うで》を見るのがやっとだ。

「……アデライン」

もう一度呼ばれ、アデラインは自重を支えるルトヴィアスの腕を辿《たど》るようにして、おそるおそる彼の目を探した。

極上《ごくじょう》の宝石のような新緑の瞳《ひとみ》。

光を纏った髪《かみ》。

黄金比で整った顔形。

それらがすぐ上から、アデラインを見下ろしている。

（綺麗《きれい》……）

何度見ても見惚《みほ》れるほどに美しい。けれどわかっている。ルトヴィアスが美しいのは、外見だけではない。気高く、揺《ゆ》るぎない強い精神。それが身のうちから滲《にじ》み出《で》て、彼の輝《かがや》きになっている。

「……本当にいいのか？　本当に、それで自分を卑下していないと言えるのか？」

アデラインの心の奥《おく》に、残酷《ざんこく》なほどに深く斬《き》りこんでくる言葉。そして眼差《まなざ》し。

アデラインは目を伏《ふ》せ、顔を背けた。

輝きが、眩《まぶ》しい。目に痛い。

瞼《まぶた》の重みで、押《お》し出《だ》された涙が頬を落ちる。

「……いいんです……私はこれで」

どれだけ足掻《あが》いても、無理だ。

（私は……醜い）

人の美しさを妬《ねた》んで、羨《うらや》んでばかりいる。そして、美しさが手に入らないことで駄々《だだ》をこね、挙げ句の果てに、今、ルトヴィアスに八つ当たりしている。

顔だけでなく、心までが何て卑《いや》しいのだろう。そして醜いのだろう。

流行のドレスを着ようが、金糸で刺繍《ししゅう》した花帽をかぶろうが、これでは到底《とうてい》ルトヴィアスの美しさに相応しくなどなれようはずもない。

ルトヴィアスの放つ光に焼かれ、アデラインはただひたすらに苦しかった。

唐突《とうとつ》に、頬に手が添えられ、アデラインは驚《おどろ》いて目を開ける。

再び見上げたルトヴィアスは、怒っているようにしか見えない。なのに、手は信じられないほど優しかった。

アデラインをいたわるように、親指の腹でゆっくりと涙を拭うその優しい仕草。

その優しさをアデラインが理解できずにいるうちに、ルトヴィアスは手を引き、膝《ひざ》を後ろにずらして立ち上がった。

「……もういい。勝手にしろ」

それだけ言うと、ルトヴィアスは上衣を翻《ひるがえ》して、アデラインのいる寝台から離れていった。一度も止まることも振り返ることもなく、そのまま扉を開け、そしてその向こうに消える。

その後ろ姿を、上半身だけを起こして、アデラインは呆然《ぼうぜん》と見送った。

『これでいい』と言ったのはアデラインだ。にもかかわらず、ルトヴィアスに見放されたことに、アデラインはとてつもなく傷ついていた。捨てられたと、絶望した。ルトヴィアスが差し出した手を、振《ふ》り払《はら》ったのは自分だというのに。

（私は……何て勝手なんだろう）

だから、自分はこんな顔形なのだ。

女神《めがみ》はすべてお見通しで、その上でアデラインにこのお粗末《そまつ》な顔を与《あた》えたに違《ちが》いない。

「お嬢様！　お嬢様大丈夫でございますか？」

ルトヴィアスの姿が見えなくなると、ミレーが飛ぶようにしてアデラインのもとに走り寄ってきた。

「ミレー……」

「びっくりいたしました。お二人の大きな声が聞こえて……まさか殿下が声を荒《あら》げるなんて。それにお嬢様まで」

「そうね……怒鳴《どな》ったのなんて……初めて……」

みっともない本音を、初めて人に晒《さら》した。

ルトヴィアスはきっと呆《あき》れただろう。アデラインの、顔だけではなく心までが、なんて貧相《ひんそう》なのだろうと。呆れて、心底アデラインが煩わしくなっただろう。

ルトヴィアスが手をついていた場所が、僅かに窪《くぼ》んでいる。

そっと、指でその窪みをなぞる。

彼の温《ぬく》もりは、当たり前だがもう感じられない。

(せめて、一度だけでも見たかった)

きっと、もう二度と叶《かな》わない。

ルトヴィアスの本当の笑顔《えがお》を、一度でいい。きちんと正面から、見てみたかった。

第十三話　夕食会

胡桃色《くるみいろ》のドレスは、全体的にひどく皺《しわ》が寄っていた。泣き疲れたアデラインが、そのまま寝台《しんだい》で眠《ねむ》ってしまったからだ。

夕方になっても起きないアデラインを、ミレーが何とか引っ張り起こそうとしたが、アデラインはまるで糸が切れた操《あやつ》り人形のように、横になったまま起き上がれない。

ミレーが何度濡《ぬ》れた布で涙《なみだ》の痕《あと》を拭《ぬぐ》い、化粧《けしょう》を施《ほどこ》してくれても、いくらも経たないうちに、新しい涙が化粧を台無しにしてしまう。

「……酷《ひど》い顔……」

鏡の中の自分を、アデラインは罵《ののし》った。泣き腫《は》らした顔はひどいありさまで、髪《かみ》は乱れてボサボサだ。しかもアデラインの顔からは、表情という表情が削《そ》げ落ちていた。心すら失ったかのような生気のないその姿は、まさに亡霊《ぼうれい》のようだった。

夕食会の時間になり、ルトヴィアスが部屋まで迎《むか》えに来てもアデラインはそんな様子だったが、ルトヴィアスはといえば『さあ、行きましょうか』と優雅《ゆうが》に微笑《ほほえ》んで、エスコートのためにアデラインに手を貸すだけ。

アデラインのとんでもなく哀《あわ》れな姿など、目に映っていないかのようだった。

（いいえ。殿下《でんか》はもう私のことなど、どうでもいいのかもしれないわ）

夕食会に出席したのは、アデラインとルトヴィアス、アデラインの父親の宰相《さいしょう》、屋敷《やしき》の主人であるロルヘルド卿とその妻、娘《むすめ》のハーデヴィヒ。それから屋敷に滞在《たいざい》している王族の面々だった。

ルトヴィアスの隣《となり》にハーデヴィヒの席が用意されていたことで、アデラインはすぐに夕食会の趣旨《しゅし》を理解した。ここはハーデヴィヒを、ルトヴィアスに引き合わせるための場なのだと。

ハーデヴィヒは昼間の菫色《すみれいろ》のドレスではなく、鮮《あざ》やかな紅紫のドレスを着ていた。人前で、しかも王子と宰相の前で、アデラインとドレスの色をかぶせるほど、彼女《かのじょ》は無《む》謀《ぼう》ではなかったようだ。

ハーデヴィヒのドレスは、紅藤色の糸と金糸で刺繍《ししゅう》を入れ、豊かな胸元《むなもと》と細い腰《こし》を強調するように、体の線がよくわかる形の衣装《いしょう》だ。首元には大きな金剛石《こんごうせき》の首飾《くびかざ》りが下がっている。耳にも涙形の金剛石の耳飾《みみかざ》りをつけており、ハーデヴィヒが微笑むごとに、キラキラと輝《かがや》いて彼女の美しさを引き立てた。背中まである見事な赤髪は、顔まわりを細い四つ編みにし、残りの波立つ髪と一緒《いっしょ》に金糸で編まれた網状《あみじょう》の髪飾りでまとめられている。花帽《かぼう》もドレスと同じように細かく刺繍され、中央にはやはり小さな金剛石が輝いていた。

王宮で開かれる夜会にそのまま出席できるほど、豪華《ごうか》で美しい完璧《かんぺき》な装《よそお》いだ。

給仕《きゅうじ》の侍従《じじゅう》が、酒杯に葡萄酒《ぶどうしゅ》をついで回る間、話題は当然のようにハーデヴィヒの美しさと、その装いでもちきりになった。

「ハーデヴィヒ嬢《じょう》の美しさはまるで大輪の薔薇《ばら》のようだ」

そう言ってハーデヴィヒを讃《たた》えたのは、ルトヴィアスの大叔父《おおおじ》にあたるレイパージ大公だった。

前王の異母弟《いぼてい》にあたるこのレイパージ大公は、普段《ふだん》から言動が軽挙に過ぎ、しかも酒癖《さけぐせ》が悪い。

だが極《きわ》めて王統に近い血筋で、ルトヴィアスに次ぐ王位継承《けいしょうけん》権をもっていることもあり、貴族議会に強い影響力《えいきょうりょく》をもっていた。

今ではルトヴィアスの父であるリヒャイルド王に大人しく追従しているが、リヒャイルド王の即位《そくい》前は自らが王太子に相応《ふさわ》しいとして対立関係にあった。そのこともあって、今でもレイパージ大公とアデラインの父ファニアスはお互《たが》いに良い感情をもっていないようだ。特にここ数年は緊張《きんちょう》状態が続いていた。

ハーデヴィヒが、艶《あで》やかに微笑む。

「お褒《ほ》めにあずかり光栄ですわ」

まさに薔薇が咲《さ》き誇《ほこ》るかのような微笑みだ。ロルヘルド卿が、自慢《じまん》げに頷《うなず》いた。

「我《わ》が娘ながら美しく育ってくれたと日々嬉《うれ》しく思っているところです」

「ご令嬢《れいじょう》は声もお美しいと聞きましたが」

他の王族からも、ハーデヴィヒに声がかかった。

ハーデヴィヒは、困ったように俯《うつむ》いた。

「お恥《は》ずかしいですわ。少し歌をたしなむ程度です」

「ご謙遜《けんそん》を」

「是非《ぜひ》聴《き》かせていただきたいものだ。そう思われませんか、ルトヴィアス殿下」

そう言って、レイパージ大公はルトヴィアスの同意を求めた。人々の視線が、一気にルトヴィアスに集まる。穏《おだ》やかな微笑みで談笑《だんしょう》を聞いていたルトヴィアスは、突然《とつぜん》話を向けられてもたじろいだりはしなかった。

「ええ、勿論《もちろん》そう思います。大叔父上」

にっこりと頷くと、ルトヴィアスはハーデヴィヒに向き直り、その顔を見ながら言った。

「食事の後に一曲お聞かせいただけますか？　ハーデヴィヒ嬢」

気品溢《あふ》れるルトヴィアスの微笑みに、ハーデヴィヒは傍目《はため》にもわかるほどに見惚《みほ》れていた。

「は、はい。私の歌を殿下に聴いていただけるなんて……光栄でございます」

一連のやりとりを、アデラインは完全に傍観者《ぼうかんしゃ》として眺《なが》めていた。

ロルヘルド卿がひどく満足げなところを見ると、どうやら大公をはじめとする王族達《たち》は、ロルヘルド卿に頼《たの》まれて、ルトヴィアスとハーデヴィヒの間を取り持つために一芝居《ひとしばい》うったようだ。その見返りは金か、それとも何かしらの融通《ゆうずう》か。

ハーデヴィヒの父ロルヘルドは、金銭的には並の貴族よりよっぽど裕福《ゆうふく》で、そのためにハーデヴィヒやその父親と親しくしたがる貴族、王族は少なくない。

（あの噂《うわさ》は本当なのかも……）

ロルヘルド卿が娘をルトヴィアスの側室にするために、あらゆる場所で金をばらまいているという噂を聞いたことがある。

なかでもレイパージ大公に資金援助《えんじょ》の見返りとして、ハーデヴィヒを養女にし、ルトヴィアスの側室に押《お》し上《あ》げる約束をしたという噂は、ルードサクシードの宮廷《きゅうてい》で知らない者はいないほどに有名な話だ。

レイパージ大公は浪費家《ろうひか》で、国から支給される多額の年給では足りずに、方々にかなりの借金を重ねていたという。戦後、国と王家の財政が傾《かたむ》き、金銭的に困窮《こんきゅう》し、破産寸前だったということも、噂に真実味を加えている。

実際のところ、噂が本当なのかどうかはわからない。けれどありそうな話だ、とアデラインは思った。

ハーデヴィヒがルトヴィアスの側室になれば、そして彼女がルトヴィアスの息子《むすこ》を産めば、レイパージ大公の益になりこそすれ損なことは一つもない。

そう考えれば今までのハーデヴィヒのアデラインへの強気な態度も頷《うなず》けた。彼女はルトヴィアスに気に入られ彼の側室になる自信があるのだ。そして、もしも本当に彼女が王子を産めば、正妃であるアデラインに勝るとも劣らない立場になれる。ドレスの色に配慮しなければならないのはアデラインの方になるかもしれない。

（……でも、どうであろうと、私には関係ないわ）

ルトヴィアスとハーデヴィヒの仲がどうなろうと、べつにどうでもよかった。

おそらくアデラインがここにいるのは、ルトヴィアスが結婚《けっこん》前に婚約者《こんやくしゃ》以外の婦人と親しくするのは外聞が悪かろうと、ファニアスが考えてのことに違《ちが》いない。アデラインがいることで、ルトヴィアスは健全な社交の場に婚約者と出席したという建前を保てるというわけだ。

会話に相槌《あいづち》を打つわけでもなく、愛想笑《あいそわら》いさえもせず、アデラインは俯きがちに、ただ座《すわ》っていた。

葡萄酒で酒杯が満たされると、ロルヘルド卿が簡単な挨拶《あいさつ》をして夕食会が始まった。

ルトヴィアスとハーデヴィヒを中心に、楽しげな笑いが響《ひび》く。

当然と言えば当然だが、アデラインには誰《だれ》も話しかけない。

社交辞令を言おうにも、アデラインの装いは褒められるものではなかったし、まるで古びた人形か亡霊のような様子のアデラインと会話でもしようものなら、呪《のろ》われてしまうと皆恐《みなおそ》れたのかもしれない。

自分が透明《とうめい》になってしまったかのような感覚に、アデラインは居心地《いごこち》の良さを感じていた。今までのアデラインは、夜会や晩餐会《ばんさんかい》で必死に話題を探し、楽しくもない冗談《じょうだん》で笑ったふりをしてきた。今はそれが馬鹿馬鹿《ばかばか》しい。

（もっと早くこうすればよかった）

アデラインが微笑もうが、話そうが、そもそも人々はアデラインに関心などないのだから。もう少ししたら席を立とう。後はハーデヴィヒの歌を聴くなり、何なり、好きにすればいい。けれど、アデラインの予定通りに事は運ばなかった。

「それにしてもアデライン嬢はどうなさったのですか？」

酒が回ったレイパージ大公が、アデラインに話しかけたのだ。

アデラインだけでなく、部屋の全員が身を強張らせる。触《さわ》ってはいけないものに触ってしまったかのような空気に、酔《よ》ったレイパージ大公は気づかない。

「髪は乱れて、ドレスは皺だらけ。夕食会があることを聞いていなかったのですかな？」

ははは、とレイパージ大公は笑った。

「……突然のお話でしたので、衣装が用意できず申し訳ございません」

俯いたまま、アデラインはボソボソ謝罪した。

しかしレイパージ大公は、アデラインのその態度が、どうやらお気に召《め》さなかったらしい。眉《まゆ》をピクリとひそめると、露骨《ろこつ》に不機嫌《ふきげん》な顔になった。

「何て可愛《かわい》げがない。前から思っていましたよ。アデライン嬢。貴女《あなた》には愛想《あいそ》が足りないってね」

「レイパージ大公殿下。それくらいに……」

「いいや、こういうことははっきりと言うべきだ。本人のためにもね」

横から止められても、レイパージ大公はやめようとしない。酒杯に残っていた葡萄酒を一気に飲み干すと、アデラインの方に身を乗り出すようにしてきた。

「見てみなさい、ハーデヴィヒ嬢を。まさに薔薇だ。美しく上品。これこそ貴婦人のあるべき姿だ。それに比べて何です、貴女は。まるで下働きの女だ。いいや、もっと悪い。貴女を連れて歩かなければならないルトヴィアス殿下の身になるといい。本当に殿下が気の毒ですよ」

誰かがクスリと笑った。

すると他の誰かが、またフフと笑う。

「皆さんもそう思われるでしょう？」

レイパージ大公の呼《よ》び掛《か》けに、誰も声を上げなかった。

宰相であるアデラインの父の手前、遠慮《えんりょ》しているのは明らかだったが、その顔を見れば誰もが大公に同意していると容易に察することができた。

アデラインは拳《こぶし》を握《にぎ》り締《し》めた。

集団は、残酷《ざんこく》だ。少しでも自分達《じぶんたち》と異なる個体には容赦《ようしゃ》がない。それが、弱く、自分より劣《おと》るものなら尚更《なおさら》。特に上流階級ともなると、人を見下し慣れている分、いたぶることに対しても抵抗《ていこう》が少ない。しかも彼《かれ》らは生活に余裕《よゆう》があるため単調な日常に退屈《たいくつ》し、日新しいものを常に求めている。今、彼らはアデラインという退屈をまぎらわしてくれる獲物《えもの》を見つけ、舌舐《したな》めずりしていた。

レイパージ大公は気を良くして、立ち上がる。そしてまるで冗談を言うように、アデラインについての欠点をあげつらね始めた。

「ただでさえ貴女は容姿に華《はな》がないのだから、笑うくらいしたらどうです？　まったく、我《わ》が国《くに》の未来の王妃《おうひ》ともあろう方が、皺だらけのドレスとは情けない。貴方《あなた》は娘にどういう教育をしてこられたのですか？　宰相」

アデラインの隣で、父のファニアスがピクリと身じろいだ。

「……至りませんで、申し訳ございません」

（お父様……っ！）

アデラインはファニアスに申し訳なくてたまらなかった。

ファニアスが面と向かってレイパージ大公に反論するわけにはいかない。ただでさえ緊張状態にある大公との関係を、これ以上こじらせて内政に影響を出すわけにはいかないのだ。

だからファニアスは、レイパージ大公に言われるまま、娘への侮辱《ぶじょく》に黙《だま》って耐《た》えてくれている。内心、どれほどはらわたが煮《に》えくり返《かえ》っていることか。

（ごめんなさい、お父様……）

衣装をどうにかしろと、何度ファニアスに注意されただろう。けれどアデラインは俯くだけで、それに応じなかった。いや、応じられなかった。

「ドレスがないなら私に言ってくださればお貸ししましたのに。アデライン様なら菫色なんてお似合いになるんじゃなくて？」

ハーデヴィヒが優《やさ》しげな微笑みで、アデラインに話しかけてきた。

何も知らない人からすれば、ハーデヴィヒが心優しい貴婦人に見えるだろう。事実、三年前までアデラインは、ハーデヴィヒの優しさを信じて疑わなかった。

けれど、ハーデヴィヒが必ずしも親切なわけではないと、アデラインはもう知っている。

「……ご親切にありがとう、ハーデヴィヒ様。でも……」

「ああ、ダメだわ」

アデラインの言葉を遮《さえぎ》って、ハーデヴィヒは困ったように声を上げた。

「だってアデライン様とでは趣味《しゅみ》が違いますもの。私のドレスではきっとアデライン様はお気に召さないわね」

くすくすと、ハーデヴィヒは肩《かた》を揺《ゆ》らした。

ロルヘルド卿も、その妻も、レイパージ大公も、他の王族も、皆にやにやと笑っている。

普段のアデラインなら、泣いてこの場を逃《に》げ出《だ》していただろう。けれど心が既《すで》に凍《い》てついていたアデラインは、ただ小さくため息をついただけだった。

悲しくないわけではない、悔《くや》しくないわけではない。けれどアデラインは疲《つか》れ切っていて、泣くのも逃げ出すのも億劫《おっくう》だった。一同が早くこの低俗《ていぞく》な遊びに飽《あ》きて、またアデラインを忘れてくれるのを願うばかりだ。

レイパージ大公が楽しそうに大笑いした。

「確かにハーデヴィヒ嬢。貴女のドレスはアデライン嬢の趣味ではありませんな。アデライン嬢は年寄りも選ばないような辛気臭《しんきくさ》い色がお好……」

「私が命じました」

場が、静まり返る。

今の言葉を発したのはいったい誰かと、一同がお互《たが》いを見渡《みわた》す。

その中で、また同じ言葉が繰《く》り返《かえ》された。

「私が、アデラインに命じました。辛気臭い色のドレスを着ろと」

アデラインは息をのんで、父親とは反対側の隣に座る彼を見上げた。

ルトヴィアスは、いつものようにしっかり猫《ねこ》をかぶっていた。穏やかで優しげな、いかにも王子らしい微笑みを口元《くちもと》にたたえている。

けれど彼の纏《まと》う空気は、冷たく、硬《かた》く、そして鋭《するど》く尖《とが》っていた。

「……で、んか……」

そういえば、彼はいつから言葉を発していなかっただろう。どんな顔で話を聞いていたのだろう。アデラインには思い出せない。少なくとも、アデラインへの辱《はずか》しめを楽しむ話題には、参加していなかったように思う。

レイパージ大公は、水でもかぶせられたかのように表情を固まらせていた。

「――……あの、殿下……命じたとは？」

ルトヴィアスは、華が綻ばんばかりの微笑みを深くする。

「私が好きなのです。胡桃色のドレスが。皺が入っていると尚《なお》いい」

「――……は？」

「この領地では……小作料が相場の倍だそうですね」

ロルヘルド卿の顔が、さっと青ざめるのが見えた。けれどルトヴィアスは、そんなこと興味もないというふうに続ける。

「小作料は領主の任意でとるのが特権ですので焦《あせ》らなくても結構ですよ。ですが遊水池の整備は領主の義務です。資金不足を理由に先延ばしになって二年経つそうですね」

「な、何故《なぜ》……」

震《ふる》える声で、ロルヘルド卿は尋《たず》ねる。

ルトヴィアスは、大層親切な口調でロルヘルド卿に答えた。

「下流の村の村長から直接上申書《じょうしんしょ》を受け取りました。昨夜の雨で村がどうなっているか気になるところです。そう思いませんか？」

「それは……も、勿論……」

「人や田畑を獣害から守る対策も不十分だと、これは複数の村の連名の上申書にありました。対策が後手に回る理由は何です？」

「それは……っ」

ルトヴィアスがハーデヴィヒに視線を移す。

「ハーデヴィヒ嬢。見事な金剛石ですね」

ハーデヴィヒはガタリと椅子《いす》から立ち上がった。

「で、殿下……」

美しい顔は、真っ青になって震えている。

ルトヴィアスは、そんなハーデヴィヒを一瞥《いちべつ》もせず、いや、誰を見るわけでもなく、冷たく微笑んだ。

「辛気臭かろうと趣味が悪かろうと、我が国の財政難と国民の貧困《ひんこん》を知りながら身につける豪華な衣装よりは、余程《よほど》好ましい」

ハーデヴィヒは、目に涙を溜めて凍《こお》りついている。

「大叔父上はどうお考えですか？」

「え？」

突然呼ばれ、レイパージ大公は酔いから醒めた顔でルトヴィアスを見返した。

「そ、それは……我が国の財政難は早急《さっきゅう》な改善を……」

「どんなに美しかろうと、人を見下した微笑みは見るに堪えない。それなら不機嫌な仏頂面《ぶっちょうづら》を見ながら食事をした方がよっぽど良いと、私はそう思うのですが、どうやら大叔父上は私とは趣味が異なるようで残念です」

レイパージ大公の顔が、怒《いか》りでみるみるうちに赤く染まる。

これはまずいのではないか、とアデラインは気がついた。

レイパージ大公が影響力をもつ貴族議会は、ルトヴィアスの立太子を承認《しょうにん》する機関だ。もしレイパージ大公を敵に回すようなことにでもなれば、最悪、王位継承順位がひっくり返る。

それを知らないはずはないのに、ルトヴィアスはまだ続けた。

口元に笑《え》みを浮《う》かべ、けれど瞳《ひとみ》はまっすぐレイパージ大公を糾弾《きゅうだん》している。

「そもそも王妃の装いは国威《こくい》を示すためのものです。ただ美しさを誇示《こじ》するための装いと比べるなどおかしいとは思われませんか？」

レイパージ大公は持っていた酒杯を床《ゆか》に叩《たた》きつけた。

「ルトヴィアス！　貴様、大叔父の私に向かって何という……」

「敬称《けいしょう》を忘れていらっしゃいますよ、大公殿下」

ファニアスが、静かに、けれど強く指摘《してき》した。

「大甥《おおおい》でも、継承順位はルトヴィアス王子殿下が上でございます。王族のしきたりをご存じないわけではないはずです。どうぞ身分の上下を重んじてください」

「……っ」

レイパージ大公は怒りで震える拳を乱暴に机に叩きつけると、足音も荒《あら》く、部屋から出て行ってしまった。

「た、大公殿下！」

ロルヘルド卿が、慌《あわ》てて大公を追いかける。

部屋は静まり返り、アデラインを嘲笑《ちょうしょう》した誰もが青い顔で凍りついていた。ハーデヴィヒでさえ、小刻みに震えるばかりだ。

ルトヴィアスただ一人が、悠然《ゆうぜん》と葡萄酒を飲んでいる。まるで何事もなかったかのように。

この事態に、アデラインは呆然《ぼうぜん》とするしかない。

(どうして……)

ルトヴィアスだって言っていたではないか。アデラインの装いは、ルトヴィアスの隣に立つのに相応しくないと。自分の立場を自覚しろと。

誰よりもルトヴィアスが一番、アデラインを着替《きが》えさせたかったはずだ。なのに、何故庇《かば》ってくれたのだろう。自分の地位を失う危険をおかしてまで。

アデラインはルトヴィアスの横顔を凝視《ぎょうし》した。

その無遠慮《ぶえんりょ》な視線に気づいているはずなのに、ルトヴィアスはアデラインを見てはくれない。

(どうして?)

アデラインにわかったのは、アデラインへ投げられた泥《どろ》を、ルトヴィアスが代わりにかぶったということだけだった。

第十四話

道は決まった

ルトヴィアスの言葉に憤《いきどお》って出て行ったレイパージ大公も、それを追いかけたロルヘルド卿《きょう》も、いくら待っても夕食会の席には戻《もど》ってこなかった。

居心地《いごこち》の悪い空気から逃《に》げるようにして、人々は席を立ち、やがてルトヴィアスも立ち上がる。

「行きましょう」

ルトヴィアスが自分に言っているのだと気づき、アデラインは顔を上げる。

「え？　あ、あの……」

今、ルトヴィアスと二人になってもお互《たが》い気まずいだけだ。助けを求めてアデラインは父親を振《ふ》り向《む》いたが、ファニアスは頷《うなず》いてアデラインに行くように促《うなが》すだけだった。

仕方なく、アデラインは差し出されたルトヴィアスの手をとった。

そのルトヴィアスの手が、まるで決して離《はな》さないと言わんばかりの強さでアデラインの指を包んだので、アデラインはビックリして彼《かれ》の顔を見る。

彼の視線は、アデラインではなく床《ゆか》に注がれていた。

（温かい……）

彼の手の温かさに、アデラインは遠い婚約式《こんやくしき》の日を思い出す。

あの日、アデラインの手を包んでくれたルトヴィアスの手は、今より小さくて、でも今日のように温かかった。

ずっと思い出せなかった温《ぬく》もりを取《と》り戻《もど》し、アデラインの胸に勇気が灯《とも》る。何故《なぜ》だろう。ルトヴィアスの手は、不思議とアデラインに勇気をくれる。

「で、殿下《でんか》！」

人通りがなく静まり返った廊下《ろうか》で、アデラインは歩みを止めた。引っ張られるように、ルトヴィアスも足を止める。

振《ふ》り返《かえ》りざま、ぎろりとルトヴィアスはアデラインを睨《にら》んだ。

「……何だ？」

鋭《するど》い眼光に怖気《おじけ》づきながら、けれどアデラインは負けずに口を開いた。

「……何故、庇《かば》ってくださったのですか？」

レイパージ大公がアデラインを笑いものにした時、ルトヴィアスは周囲と一緒《いっしょ》にアデラインを笑うこともできたはずだ。むしろそうした方があの場は丸く収まった。レイパージ大公の不興を買うこともなかっただろう。

けれど、ルトヴィアスはそうはしなかった。

昼前にあれだけの喧嘩《けんか》をして、しかも彼はあの夕食会の席にいた誰《だれ》もと同じことを――アデラインの装《よそお》いが王妃《おうひ》として相応《ふさわ》しくないと考えていただろうに。なのに何故、アデラインの代わりに泥《どろ》をかぶるような真似《まね》をしてくれたのだろう。

風が硝子戸《がらすど》を叩《たた》く音が、まるで自分の心臓の音のようにアデラインは感じられた。

沈黙《ちんもく》の中に、ルトヴィアスの低い声が響《ひび》く。

「……お前はそれでいいと言った」

「え？」

顔を背《そむ》け、ルトヴィアスが歩き出す。彼に手を引かれてアデラインも、自然とその背について歩き出した。

「それなら、堂々と顔を上げろ」

「……」

ルトヴィアスはそれっきり何も言わなかった。

長い廊下を、言葉もなく、ただ二人で歩く。

誰ともすれ違《ちが》うこともなく、まるで世界に二人だけ取り残されたような、不思議な感覚だった。程《ほど》なくして、二人はアデラインの部屋の扉《とびら》の前にたどり着いた。

指が、離れる。

それがどうしてか、とてつもなく寂《さび》しい。

けれどアデラインは何も言うことができず、ルトヴィアスを見送ってただ立《た》ち尽《つ》くす。

そしてルトヴィアスも、やはり言葉もなく、そのまま行ってしまった。

（私は……これでいいと、言った……）

皺《しわ》が寄った胡桃色《くるみいろ》のドレスを、アデラインは見下ろした。

(これで……いいと……)

枯《か》れたと思っていた涙《なみだ》が、頬《ほお》を流れる。

「……いいわけない……こんな、こんなドレス……」

胡桃色のドレスごと、アデラインは自分を抱《だ》き締めた。

本当にこれでいいと思っているのなら、ルトヴィアスの言うように顔を上げられるはずだ。誰にも恥《は》じることなく堂々としていられるはずだ。でも、アデラインにはできなかった。これでいいはずがないことを、心の奥《おく》ではわかっていたからだ。

『本当にそれでいいのか?』

昼間、ルトヴィアスの『たかだか容姿に何をこだわってるんだ』という言葉に激昂《げきこう》したのも、一番容姿にこだわっているのが自分自身だと、実はわかっていたからだ。

(私、すべてを顔のせいにしていたんだわ……)

婚約解消されかけたのも、人に蔑《さげす》まれるのも、自分を誇《ほこ》ることができないのも、すべて美しくない顔のせいだと思っていた。美しければ何もかもうまくいったと思っていた。けれど、本当にそうだったのか。いいや、そうではない。そんなことはなかったはずだ。アデラインは、何もかもを容姿のせいにして、いじけて、諦《あきら》めていた。

(けれど、貴方《あなた》は……)

ルトヴィアスは、アデラインの矜持《きょうじ》を守ってくれた。愛しているわけでもないのに、婚約者だからという、ただそれだけの理由で、彼は醜《みにく》い劣等感《れっとうかん》ごとアデラインを受け止めてくれたのだ。

(私は?)

アデラインはどうだろう。

ルトヴィアスを一度でも正面から見ただろうか。

優《やさ》しく穏《おだ》やかな理想の王子様ではないからと、逃《に》げ回《まわ》っていなかったか。愚《おろ》かなアデラインをすべて見透《みす》かすような、あの強い眼差《まなざ》しが怖《こわ》くて、目を逸らしてばかりいなかったか。

アデラインは逃げていたのだ。ルトヴィアスからも、自分からも、アデラインは目を逸らし逃げていた。

ようやく、アデラインは気がついた。

自分が、どれほど愚かだったか。


夜の闇《やみ》の中で、アデラインは寝台《しんだい》に横になっていた。

(私は、美しくない)

着飾《きかざ》ったところで、美しくなれるわけでもない。

顔は変えられない。どんなに願っても。

だからといって、いじけて、諦めて、逃げ出してもいい理由にはならない。

では、どうすればよいか。

『卑下《ひげ》するな』

あの夜、ルトヴィアスは答えもくれていた。

いいや、本当はずっと昔からアデラインは知っていた。

『背筋を伸《の》ばしなさい。俯《うつむ》かないで。花帽《かぼう》を落としては貴婦人の恥《はじ》ですよ』

遠く幼い日に母が言ったのは、行儀《ぎょうぎ》作法のことだけではなかった気がする。それに今頃気がついた。

（顔を上げよう）

俯いて、人の目から、自分から、逃げるのはやめよう。

たったそれだけだけど、でも、俯いていたせいで見えなかったものが見えるようになるはずだ。少なくとも、投げられた泥は避《よ》けられる。

（私のせいで、殿下が泥をかぶるなんてこと、二度とさせやしない）

あの心も姿も綺麗《きれい》な人が、アデラインのせいで嗤《わら》われるなんて、そんなことがあっていいはずがない。そんなこと許せない。

「……………決めた……」

敷布《しきふ》の上に体を起こすと、アデラインはそのまま寝台から抜《ぬ》け出《だ》した。

朝が近いのか、既に室内は明るい。

寝間着のまま、部屋の隅《すみ》にあった衣装櫃《いしょうびつ》を開ける。

紺色《こんいろ》、鈍色《にびいろ》、胡桃色、くすんだ地味な色のドレスばかりだ。

とんとん、と扉が外側から控《ひか》えめに叩かれた。

「お嬢様《じょうさま》、朝でございます」

「起きてるわ、ミレー」

すぐにミレーが扉の隙間《すきま》から顔をのぞかせる。

「お早いこと……まぁ、どうなさったんです？　こんなにちらかして」

床の上に広がるドレスに囲まれるように座《すわ》りこんでいるアデラインに、ミレーが目を丸くする。

「お体が冷えてしまいます。床になど腰《こし》を下ろされてはいけません、お嬢様。それにドレスも汚《よご》れて……」

「ミレー。これ、全部処分してちょうだい」

ドレスを静かに見下ろし、アデラインは言った。ミレーが顔を歪《ゆが》める。

「……え!?」

「今日着る分だけは残してね。燃やしてもいいし、欲《ほ》しい人がいればあげてかまわないわ。生地《きじ》はいい物だから、売れば少しはお金になるかも。……そうね、そうしてくれる？　お金はどこかに寄付しましょう」

「ど、どうなさったんですか？　いったい……」

アデラインはミレーを見据《みす》えた。

「私、殿下の妃《きさき》になりたいの」

ミレーは、困惑《こんわく》して口ごもった。

「……それは……お嬢様は殿下の婚約者ですから……いずれはお妃《きさき》になられますが……」

「そうね。黙《だま》っていても殿下の妃にはなれるわ。でもそういう意味じゃないの。私は『名ばかり』だとか『お飾《かざ》り』だとか、そんな妃になるつもりは、もうないわ」

床に広がるドレスをアデラインは睨みつける。

「……だから、こんなドレスじゃダメ……」

容姿やドレスだけが立派であればいいわけじゃない。

ルトヴィアスの——あの身も心も美しい人の隣《となり》に立つために、アデラインは変わらなければならない。

(内面から自分を変えなきゃ……)

そのためにも、自分の容姿と向きあうことを避けて通ってはいけない。

「……ねえ、ミレー。私、行きたいところがあるの。手配をお願いできる？」

「勿論《もちろん》でございます。それで、どちらへ？」

少し不安げに尋《たず》ねてくるミレーに、アデラインは満面の笑みで言った。

「新しいドレスが欲しいの」

空は晴《は》れ渡《わた》り、道の安全も確認《かくにん》されたため一行は再び王都に向けて出立することになった。順調に行けば、今日の夜には北の離宮《りきゅう》に到着《とうちゃく》する。そこまで行けば、王都までの道のりも残すところ半分だ。

今日の昼食に休憩《きゅうけい》で立ち寄る街で、新しいドレスを買うためにアデラインは仕立屋に行くつもりだ。だが、いつものようにルトヴィアスの馬車に乗っては自由に動けないし、彼の警備体制に影響《えいきょう》を及《およ》ぼしかねない。そこでアデラインは父親の馬車に同乗させてもらうことにした。

「今日の馬車ですが、その……父の馬車に乗りたいのですが……」

朝食の席で、アデラインがおずおずと言うと、ルトヴィアスは一旦《いったん》食事の手を止め、アデラインをジロリと見やる。が、またすぐに目線を皿に戻して食事を再開した。

「俺《おれ》と同じ馬車に乗りたくないならはっきりそう言え」

「そんなわけでは……っ。私はただ……」

アデラインの声を遮《さえぎ》るように、ルトヴィアスが立ち上がる。

「勝手にしろ」

そう言い捨てて、ルトヴィアスは部屋から出て行ってしまった。

一人残されたアデラインは、がっくりと肩《かた》を落とす。またルトヴィアスを怒《おこ》らせてしまった。

（こんなはずじゃなかったのに……）

アデラインは自らの地味なドレスを見下ろした。

（妃に相応しい装いをしよう。まずはそれからよ）

貴方が誇れる妃になりたいのだと、口だけで言うのは簡単だ。どれほどアデラインが真《しん》剣《けん》か、ルトヴィアスにわかってもらうには行動あるのみ。すべては始まったばかりだ。

アデラインは両手で拳《こぶし》をつくり、自分を奮い立たせた。

扉がトントンと鳴り、ミレーの声がした。

「お嬢様《じょうさま》、よろしいですか？」

「ミレー？　どうぞ」

入ってきたミレーに、アデラインは尋ねる。

「どう？　出かけられそう？」

仕立屋に寄るための諸々《もろもろ》の手配を、アデラインはミレーに頼《たの》んでいた。

ミレーは小さく頷いたものの、その顔は困り顔だ。

「先方には繋《つな》ぎをつけました。……けれど……一つ問題が」

「何？」

「護衛が……」

「あ……」

身から出た錆《さび》とはこのことだ。アデラインは苦々しく目を閉じた。

もともとアデラインの護衛として騎士団《きしだん》から二人騎士が配属されていたのだが、先日ルトヴィアスの護衛として配属されていた騎士が二人不祥事《ふしょうじ》で謹慎《きんしん》になった。その穴埋《あなう》めとしてアデライン付きの騎士がルトヴィアス付きに異動したのだ。

不祥事を起こした二人とは……そう、アデラインに無礼をはたらいたあの二人である。

「昨日は屋敷《やしき》の護衛がいましたので不都合はなかったのですが」

「出立したらその護衛はついて来ないものね……」

護衛がいなくては、外出はできない。無理に出て、もし何かあったらルトヴィアスにも父親にも迷惑《めいわく》をかけるし、ミレーの責任問題になる。外出は諦めるしかない。

「……いいえ、出かけるわ」

「お嬢様？」

「護衛ならいるわ、二人」

「え？」

「とにかく食べてしまうわ。空腹では馬から落ちるって言うものね」

炒《い》り卵《たまご》をフォークに山盛りにのせると、アデラインは口に頬張《ほおば》った。

突然《とつぜん》あらわれた王子の婚約者にして宰相令嬢《さいしょうれいじょう》に、馬に水をやっていた二人は凍《こお》りついた。

それにかまわずアデラインは黒髪《くろかみ》の青年に笑いかけた。

「あなたがデオで……」

続いて馬の手綱《たづな》を握《にぎ》っていた赤髪の青年に微笑《ほほえ》む。

「あなたがライルね？」

護衛をこの二人にしてもらうことを思いついたアデラインは、早速《さっそく》、騎士団長のファワージに相談した。アデラインに無礼をはたらいた咎《とが》で謹慎処分をされた二人に護衛を頼むなどとんでもないと、最初は渋《しぶ》い顔をしていたファワージだったが、結局彼らが謹慎中の奉仕《ほうし》活動をしているこの厩舎《きゅうしゃ》まで連れて来てくれた。

「何をしている。宰相令嬢の御前《おんまえ》だぞ」

アデラインの背後からファワージが凄《すご》みをきかせると、デオとライルは慌《あわ》てて跪《ひざまず》く。

「あ、いいの。やめて。服が汚れちゃうから」

慌ててアデラインが言ったが、二人は立ち上がらない。

ライルとデオは、下げた頭を、更《さら》に深く下げた。

「せ、先日は、ご令嬢と知らぬことながら大変な無礼をはたらき申し訳ありませんでした！」

「ならびに殿下へのおとりなしまことに……」

ミレーが横から進み出た。

「貴方達《あなたたち》の話を聞く必要はありません！　時間がないのです！　黙りなさい！」

「……は」

「はい」

ミレーの迫力《はくりょく》に気圧《けお》されて二人は口ごもる。アデラインはミレーに目線で礼を伝えると、デオとライルに話し始めた。

「お願いがあるの。昼の休憩で立ち寄る街で外出をしたいのだけど護衛がいなくて……あなた達《たち》についていきて欲しいの」

二人は眉《まゆ》をしかめた。

「……あの……ですが」

「我々は謹慎中の身で……」

言《い》い淀《よど》む二人に、アデラインは身を乗り出す。

「これは任務ではありませんから謹慎は関係ありません。私の個人的な我儘《わがまま》に付き合ってもらうだけなので謝礼も出します」

アデラインの後ろで、ファワージがジロリと睨みをきかせた。

「私としては反対したが、お嬢様たってのお話だ。ただしお嬢様の身に何かあったら騎士号剝奪《はくだつ》どころじゃすまんと心しておけ」

「は、はい！」

二人が生唾《なまつば》を飲《の》みこむ音が聞こえて、アデラインは今更《いまさら》ながら気の毒になった。自分達の謹慎処分の原因であるアデラインを護衛するなど、気が進まないだろう。けれど人手が足りないのだ。

アデラインは振り返るとファワージに謝罪した。

「ファワージも……無理を言ってごめんなさい。我儘を許してくれてありがとう」

「いいえ、私が行ければいいのですが……。お気をつけてお出かけください」

ファワージは豪快《ごうかい》な顔で優しく笑った。騎士団長のファワージは、以前は一騎士として公式行事でアデラインの護衛をしてくれた人物だ。前団長の勇退で団長に就任した後も、時々アデラインの警備の確認に来てくれる。

「お嬢様、お時間が」

ミレーが小声でアデラインを促した。出立の時間が迫《せま》っているようだ。

「ああ、いけない。じゃあ、ライル、デオ、また後で」

「は」

「は……い」

戸惑《とまど》い気味の二人の騎士を残して、アデラインは馬車に急いだ。

「あの二人は信用できますかしら」

後ろをついてきたミレーが、不安そうに呟《つぶや》く。彼女《かのじょ》の不安はもっともだが、アデラインは何も心配していなかった。

「騎士号剝奪もあり得た状況《じょうきょう》での謹慎処分だもの。私への恨《うら》みがあったとしてもやり直す好機を不意にするとは思えないわ」

「そうではございますが……」

ミレーは、ライルとデオを信用できないらしい。それも仕方ないだろう。先日の一件を聞いたときのミレーはといえば、まさに火山が噴火《ふんか》するかのように怒《いか》り心頭だった。アデラインを大切に思っていてくれればこそ、アデラインに乱暴な真似をしたライルとデオを、ミレーは許せないのだ。

けれどアデラインは、ライルとデオに対して恨みじみた感情は特にない。むしろ、謹慎などさせることになり、悪いことをしたと思っている。

身元さえはっきりしていれば採用される衛兵とは違《ちが》い、騎士は一定の学識と剣術《けんじゅつ》、馬術などの技能が求められる。数度の試験と面接を経て候補生が選抜《せんばつ》されるが、候補生期間の生活費は自己負担である上に、研修は厳しい。研修に耐《た》えられずに脱落《だつらく》する者や、最終試験を受けるための単位をすべて取得できず、万年候補生に甘《あま》んじる者、生活費が底をつき候補生を辞《や》めていく者も少なくないと聞く。

ライルとデオも、それらの試練を突破《とっぱ》するために血が滲《にじ》む努力をしたはずなのだ。一歩間違《まちが》えば、アデラインがその努力を無に帰してしまうところだった。

「それにしてもビックリしました。お嬢様がこうまでして外出されたがるなんて」

アデラインの後《ご》ろから、ミレーがくすくす笑う声が聞こえる。

アデラインは肩越しに訊《たず》ねた。

「はしたない？」

「いいえ。安心いたしました。お嬢様でも恋《こい》をすると着飾りたくなるのだと」

「え？」

アデラインは耳を疑った。今ミレーは何と言った。

「殿下の前で美しく装いたくてドレスをつくるのでしょう？」

「ち、違うわ！」

アデラインは仰天《ぎょうてん》してミレーを振り返った。

（恋なんて！）

アデラインが恋していた優しくて穏やかな王子様など、どこにもいないのだ。アデラインはただ、ルトヴィアスの隣に立っても恥ずかしくない妃になりたいだけだ。

「私はただ……殿下に相応しくなろうって……」

必死に説明しようとするが、ミレーは何もかも心得ているという顔で頷いた。

「ええ、わかっておりますとも」

「違う、違うのよ。そういうんじゃなくて」

「はいはい。すべて言わなくてもミレーはわかっておりますよ、お嬢様」

「………………」

アデラインがどんなに否定しようと無駄《むだ》なようだ。

猫《ねこ》を脱《ぬ》いだルトヴィアスを、アデラインは最初こそ怖がった。悪魔《あくま》だと思った。でも今ではそうではないとわかっている。

(殿下は公平で、誠実で、尊敬できる方だわ)

猫をかぶっていることを差し引いても、彼が優秀《ゆうしゅう》で才能豊かであることには違いないし、猫をかぶるのはまともに接する必要がないからだと、周囲を見下すようなその理由も、今では本当なのか怪《あや》しい。少なくともアデラインが知る彼は、身分や容姿で人となりを判断する人ではない。アデラインには想像もつかないが、猫をかぶる理由は、他にあるのだろう。

仕えるべき主君として仰《あお》ぐには、彼は十分すぎる人物だ。

(不機嫌《ふきげん》な時はやっぱり怖いけれど……でも少し照れ屋で、それからシヴァに優しくて……)

思い出した優しげな横顔に、アデラインの胸が疼《うず》く。

「……え？」

「どうなさいました？　お嬢様」

「あ、ううん。何でもないの」

ミレーに慌てて笑顔を返し、アデラインは疼いた胸を手で押《お》さえた。

(気のせい……)

甘ったるい痛みが、そこに宿ったと思ったのに。今は何も感じない。

(気のせいね！)

気を取り直し、アデラインはトントンと、胸を叩いた。

(ああ、よかった。気のせいだわ！)

自分が、そう強い人間でないことをアデラインは知っている。もしルトヴィアスに恋をしてしまったら、きっと自分は彼の心が欲しくて、彼を独《ひと》り占《じ》めしたくて、『妃』としての立場を逸脱《いつだつ》してしまうだろう。

(そう考えると、失恋《しつれん》してよかったのかもしれないわ)

せっかくルトヴィアスの妃になるという覚悟《かくご》を決めたのだ。恋などに惑《まど》わされている暇《ひま》があったら、自分を磨《みが》かなければ。

アデラインとミレーが急いで行った正面入口前の広場には、幾《いく》つもの馬車が並んでいた。

アデラインを見つけた父のファニアスが、足早に近づいてくる。

「よく眠《ねむ》れたか？」

「ええ、お父様。私は大丈夫《だいじょうぶ》」

ファニアスの目をまっすぐ見て、アデラインは微笑んだ。父が昨夜の夕食会のことでアデラインを心配していることを、アデラインはわかっていた。

（お父様のためにも……立派な妃になろう）

アデラインは胸に抱く決意を新たにする。

「お父様、お願いがあるの。昼に外出したいのだけどいいかしら？」

「昼に？　しかし……」

「ミレーも一緒よ。護衛も手配できているわ。ねえ、いいでしょう？」

厳格な父は思案顔だったが、ややあって頷いた。

「……それでお前の気分転換《てんかん》になるのなら、気をつけて行ってきなさい」

「ありがとう！」

父親はアデラインをいたわるように肩に手を置くと、馬車の中にエスコートしてくれた。

ざわめきが聞こえ、アデラインは馬車の窓から外をのぞく。ちょうど、ルトヴィアスが屋敷から出てきたようだ。

（殿下……）

アデラインは息を詰めてルトヴィアスを見つめる。そんなアデラインには気づかずに、ルトヴィアスは馬車に乗《の》りこんでしまった。

（殿下、私）

唇《くちびる》を引き結ぶ。

決意を握り締めるように、手を胸にあてた。

（私、貴方の妃になります）


かつて父がアデラインに言った。愛されれば、王妃になれるわけではないと。

政略結婚《けっこん》という現実を突きつけられ、そこに愛は一切介在《いっさいかいざい》しないのだと思い知らされたアデラインは、人生が終わったかのように絶望した。ルトヴィアス王子に恋をしていたアデラインにとって、それは死に等しいほどに残酷《ざんこく》な事実だった
でも、人生は終わらなかった。そして今のアデラインなら、あの言葉に希望を見いだせる。

（愛されなくても、王妃になれる）

この先一生、ルトヴィアスに女として愛されなかったとしても、だからと言ってそれが不幸な人生だと決まったわけではない。

ルトヴィアスの隣で、彼の妃として尽《つ》くそう。そこに愛情はなかったとしても、信頼《しんらい》が生まれるなら、決して悪い関係ではないはずだ。子供が生まれなければ、国を子供として慈《いつく》しめばいい。そもそも王妃は国の母なのだから。

簡単なことではないだろう。けれどルトヴィアスがいてくれるなら、できる気がした。

彼の手の温もりは、いつだってアデラインに勇気をくれるのだ。

「……王妃になるわ」

決意を言葉にし、アデラインは前を向いた。

険しい山道を抜《ぬ》け、馬車が昼食休憩をとるためにこの街に止まったのは少し前だ。ファニアスは、所用のために先に馬車から出て行っていた。

トントン、と馬車の扉が外から叩かれる。

「お嬢様、ライルとデオが参りました」

ミレーだ。アデラインは待っていましたとばかりに立ち上がり、自分から扉を開けた。

「じゃあ行きましょう」

「かしこまりました」

ミレーが差し出してくれた手を支えに、馬車から降りる。

青い空には、雲一つない。風はほんの少し冷たかった。

王太子妃に、いずれは王妃になる人生を、ただ重圧に押《お》し潰《つぶ》された惨《みじ》めなものにするか、それとも重圧に耐え、凛然《りんぜん》と前を見据えたものにするか、それはアデライン次第《しだい》だ。

（立派な王妃になってみせる）

ルトヴィアスに認められる妃になろう。誇《ほこ》り高《たか》い彼が、隣に立つことを許してくれる妃に。

もう俯かない。これから先に何が待ち受けていたとしても、背筋を伸ばして、顔を上げて歩いて行こう。花帽を落とすようなことになっては……俯き逃げるのは、貴婦人の恥だ。

――道は、決まった。

それなら、あとはもう、歩くだけだ。

第十五話　新しいドレス

「……もうダメ」

埋《う》もれるほどのドレスの箱に囲まれて、アデラインは音を上げた。

目的の仕立屋に到着《とうちゃく》し店の奥《おく》の部屋に通されたアデラインは、店の主人が出してきたドレスに早速《さっそく》目を通し始めた。アデラインは身分を隠《かく》し、ただの貴族の令嬢《れいじょう》として店を訪《おとず》れている。

しかし店の主人はアデラインを上客と見たらしい。ドレスが入った箱に加えて、手袋《てぶくろ》にハンカチ、色紐、更《さら》に様々な色や柄《がら》の生地《きじ》をまさに積むほど持《も》ちこんできたのだ。

『これはいかがですか？』『これなどよくお似合いになると思います』と、次から次へと勧《すす》められて、目が回りそうだったアデラインは、ゆっくり見せて欲《ほ》しいと主人に退席してもらい、今、深くため息《いき》をついたところだ。

正直、何から見てよいのかさっぱりわからない。流行の縦縞《たてじま》模様のドレスだけで十着近くある。

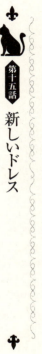

（ああ、時間がどんどん過ぎてしまうわ……）

昼食のための休憩《きゅうけい》は一刻あまり。街中に刻《とき》を報《しら》せる鐘《かね》が次に鳴れば、ルトヴィアス達《たち》は今夜宿泊《しゅくはく》する離宮《りきゅう》に向けて、また出立してしまう。置いていかれるなんてことになれば、目も当てられない。

静かに控《ひか》えていたライルが、ボソリと呟《つぶや》いた。

「ご婦人は誰《だれ》でも買い物がお好きなのかと思っていました。特にドレスなどに囲まれると嬉《うれ》しいものなのだと……」

ライルは椅子《いす》に深く沈《しず》みこむアデラインに怪訝《けげん》な顔を向けた。ミレーはデオを連れて席を外している。

「えっと、ライル？　あなた恋人《こいびと》がいるの？」

「いませんが……姉が二人と従姉妹《いとこ》がいます。非番の日は小物屋にも仕立屋にも付き合わされますが……」

「お姉様達は楽しんでらっしゃるのね？」

「少なくとも今のお嬢様《じょうさま》よりは」

ライルの返答に、アデラインはまた深いため息を吐《は》いた。

顔だけではなく、自分は女として何か欠陥《けっかん》があるのではないだろうか。ライルの言う通り、女性ならこの状況《じょうきょう》を喜びこそすれ苦しみはしないだろう。

手元にある紺《こん》の縦縞模様のドレスを手に取る。肩《かた》にレースがたくさんついて、胸元《むなもと》にも派手な飾《かざ》り布や、ビーズがたくさん縫《ぬ》いこまれていた。アデラインの好みではない。けれど今までが今までだ。自分の好みに従っては何も変われないのではないか。

「……適当に選ばれては？」

ライルの投げやりな言葉に、アデラインは思わず噴《ふ》き出《だ》した。

「ダメよ。適当な鎧《よろい》を選んでは戦場で怪我《けが》をしてしまうもの」

「はい？」

ライルが盛大《せいだい》に顔をしかめる。彼《かれ》にはアデラインの言葉の意味がわからないらしい。

(適当ではダメ)

苦手なことにも向き合う、その意思を示すためにドレスを新調するのだ。

今までのような地味なだけのドレスでも、安易に流行《はや》りのものを選んでもいけない気がする。どれならアデラインに似合うだろう。どのドレスなら、アデラインの想《おも》いがルトヴィアスに伝わるだろう。

気分転換《てんかん》をしたくて、アデラインはライルに話しかけた。

「ライルはどれがいいと思う？　恋人に選ぶならどれ？」

「……ですから恋人はいません」

ふてくされたようなライルが、アデラインはおかしかった。薄々勘《うすうすかん》づいてはいたが、彼はどうやらかなりの堅物《かたぶつ》のようだ。

「もしもよ」

「……」

ライルはあたりに視線をうろつかせて、かなり困っている。

真面目に悩《なや》んでいるらしい彼を見て、悪いことをしたようだとアデラインは気づいた。

「ライル。ごめ……」

アデラインが謝《あやま》ろうとすると、ちょうどミレーとその後ろからデオが部屋に入って来た。デオは両手に何冊も重そうな本を抱《かか》えている。

「お嬢様、見本《カタログ》も借りてまいりましたわ。この中に載《の》っているドレスならすぐ倉庫から出してこられるそうです」

「……ありがとう、ミレー」

礼を言ったものの、アデラインは正直辟易《へきえき》していた。今でさえ混乱している頭は、選択《せんたく》肢《し》が増えればきっと完全に使いものにならなくなる。

「お前はどれがいいと思う？」

唐突《とうとつ》に、ライルがデオに尋《たず》ねた。

「はあ？」

「恋人に選ぶなら」

「……どうしたんだ？　お前」

「お嬢様に訊かれた」

途端《とたん》にデオが顔をひきつらせ、おそるおそるアデラインを窺《うかが》ってきた。

「……あの、ライルごめんなさい。そんなに真面目に考えてくれるとは思わなくて」

「こいつは」

ライルはデオを指差した。

「諸事情で女性の友人が多いんです。ドレスとか小物とか、しょっちゅう選んでますよ」

デオは顔を真っ青にして口をパクパクさせている。ミレーがジロリとデオを睨《にら》んだ。

「お嬢様にしたことといい……あなた……」

「誤解ですっ！　確かに女の子には弱いけど……それを見抜《みぬ》かれて酒場の女の子にたかられてるだけです！」

諸事情を自分でぶちまけたことに気づき、デオは本を持ったまま壁《かべ》に頭を預ける。

「ああ……何で自分で言っちゃうかな俺《おれ》……」

「まったく……騎士《きし》の風上にも置けないわね」

ミレーは横目でデオを睨んで、ジリジリ離《はな》れた。それらのやりとりが楽しくて、ついアデラインは笑ってしまう。

「ミレーったら、デオが可哀想よ」

「いいんです。お嬢様もこういう男には近づいていけませんよ」

「そんなこと言わないで。ねぇデオ。私にはどれが似合うと思う？」

壁際《かべぎわ》でいじけていたデオが、キョトンとした。

「身分とか流行とか難しいことを考えないで……私を酒場の子だと思って選んで」

「お嬢様！」

「いいから」

ミレーを制して、アデラインはデオを促《うなが》した。

「デオ、お願い」

アデラインが微笑《ほほえ》むと、デオは躊躇《ためら》いながらも本を机に置いた。

「……あの……では……」

軽く頭を下げて、デオはドレスに目を落とす。部屋中に広がるドレスや布を見ながら、時々アデラインと見比べ、やがてデオは一枚の布を手に取った。

「こういう色がいいと思います」

「……」

デオが選んだ布は素色《そしょく》だった。アデラインがいつも選ぶドレスの色と大して変わらない。

「……私は、やっぱり地味な色が似合う？」

「そうですね。赤とか躑躅色《つつじいろ》とか派手なのはお嬢様には似合いません」

きっぱりとデオは言い切った。ミレーが慌《あわ》ててデオの服を引っ張る。

「ちょっと……」

「髪《かみ》が栗色《くりいろ》ですから赤なんて着たらもったいないです」

やや落《お》ちこみかけたアデラインは、続くデオの言葉に目を瞬《またた》かせた。

「もったいない……？」

「今日の紺のドレスも、正直もう少し薄《うす》い色の方がいいです。濃《こ》い色を着るなら……これとか」

近くにあった濃茶《こいちゃ》の見本布をデオは引っ張ってきた。

「こういうのでガッツリ肩を見せるとかすると雰囲気《ふんいき》出ると思いますよ。でもやっぱり素色なんかがいいと思います。髪が映《は》えるし……ああでも夜会とかには確かに大人しすぎるかな……。なら布地に濃淡《のうたん》をつけるとか柄を入れるとか」

そこまで言ってから、デオははっと我に返ったようだった。

「すみません！　ご無礼をお許しください！」

慌てて跪《ひざまず》く。

「私ごときが僭越《せんえつ》にも……っ」

「いいの！　いいの、デオ。ありがとう」

アデラインは素色の布を引き寄せた。目立たないようにと選んでいた色が、実は自分に一番似合う色なのかもしれないと考えると、アデラインは、目から鱗《うろこ》が落ちた気がした。

「……柄なら、何がいいかしら？」

デオになお尋ねると、彼はおずおずと顔を上げた。

「……あの……ご無礼になりますが……」

「いいの。言って」

「大柄《おおがら》は……多分負けます」

アデラインは頷《うなず》く。アデラインの地味な顔では、縦縞や花柄《はながら》などの大柄に埋もれてしまう。

「そうね。小花柄《こばながら》なんかは？」

「いいと思います……でもあまりはっきりした色合いのは……」

それも顔が負ける。

今まで着飾《きかざ》っても痛々しいだけだったのは、地味顔なのに無理にゴチャゴチャと飾りたてたせいかもしれない。それならシンプルに、無理なく、アデラインに似合うものを。アデラインの頭の中で色と模様が渦巻《うずま》く。

「……何だか少しわかった気がする……」

アデラインは椅子から立ち上がると、跪くデオの手をとるため屈《かが》んだ。

「ありがとうデオ！　すごく参考になったわ！」

「え？　は、はい」

勢いよく振《ふ》り向《む》き、ライルの手も握《にぎ》る。

「ライルも！　今日は本当にありがとう！」

「は……はあ」

ライルはやや引き気味だったが、アデラインはまったく気づかない。

「さあ！　時間がないわ！　早く選んでしまいましょう！」

「お、お嬢様！　殿方《とのがた》の手をとられるなど……」

「デオ！　見本《カタログ》を貸して！」

ミレーの諌《いさ》める声も耳には入らず、アデラインは猛然《もうぜん》と見本をめくり始めた。

時間を知らせる鐘の音を聞いて、アデライン達は飛び上がった。昼の休憩が終わり、ルトヴィアス達が街を出立してしまう。購入《こうにゅう》した商品の梱包《こんぽう》を待つ時間がない。

「お嬢様、お気をつけて！」

「ええ、ミレー。貴女《あなた》もね」

結局、ミレーとデオに後を任せて、アデラインはライルと共に店を飛び出した。

何とか出立に間に合い、置いて行かれずにすんだアデラインは胸をなで下《お》ろす。

「いけない。忘れるところだったわ」

アデラインは手提《てさ》げ袋《ぶくろ》から包みを取り出すと、ライルに渡《わた》そうとした。ライルとデオに渡す予定だった謝礼だ。けれどライルは首を振《ふ》って固辞する。

「いただけません」

「でも、これは私の個人的なお願いだったから……」

アデラインが言いつのっても、ライルは受け取ろうとしない。

「お嬢様にとってはそうであっても、私にとっては王家からいただいた神聖な任務です」

表情を変えることなく、ライルは言い切る。

彼は堅物かもしれないというアデラインの予想は外れた。ライルはただの堅物ではない。

相当な堅物だ。

「……でも」

「お嬢様！　よかった、探しましたよ！」

アデラインの父親の侍従《じじゅう》が、息を切らせて走り寄ってきた。

「どうぞお早く！　父君がお待ちです！」

「お供の任をいただき光栄でした」

ライルは頭を下げ、そのまま上げようとしない。きっとアデラインが立ち去るまで、このままでいるのだろう。

「お嬢様、お早く！　父君にお叱《しか》りを受けますよ！」

「ちょっとだけ。ちょっとだけ待って」

アデラインは少し屈み、ライルの顔をのぞきこむ。謝礼を受け取ってもらえなくても、感謝だけはきちんと伝えたい。

「……私の我儘を聞いてくれてありがとう、ライル。心から感謝します。デオにも伝えてね」

「……承《うけたまわ》りました」

ライルの返事を聞くと、アデラインは急《せ》かす侍従に促されるままにその場をあとにした。待ちかねていた御者《ぎょしゃ》に押《お》しこまれるように馬車に乗せられると、座《すわ》る間もなく馬車は動き始める。

イライラとした様子の父親に、アデラインは謝った。きっと心配させただろう。

「……お父様ごめんなさい、遅《おそ》くなって」

「……気をつけなさい」

「はい……」

軽い叱責《しっせき》に小さい声で返事をすると、アデラインは席についた。


馬車は田園地帯ののどかな景色の中を走り続け、夕刻近くになってその日の夜を過ごす離宮に到着した。リヒャイルド王が立太子前に療養《りょうよう》のために長く居住していたその離宮は、今では王族は誰も住んでいない。しかし侍官と女官が常駐《じょうちゅう》し広い離宮を管理しているため、廊下《ろうか》は磨《みが》き上げられ、急な国賓《こくひん》や王族の来訪にも対応できるようになっている。

アデラインより少し遅《おく》れて、ミレーが到着した。

「ライルは謝礼を受け取らなかったわ」

ミレーが持ち帰ってくれた新しいドレスに早速着替《きが》えながら、アデラインはミレーに、そう話した。

少し驚《おどろ》いた顔をしたものの、ミレーはさもあらんと頷いた。

「デオも……こまごまとよく気がついて親切でしたよ。……まあ、女遊びに慣れているだけかもしれませんが」

やれやれとため息を落としたミレーのその表情は、けれど柔《やわ》らかい。

アデラインもクスリと笑った。

「そうね。ドレスを見立ててくれるときも……あんなふうにいつも女性に選んであげてるのかしら。もてるでしょうね、きっと」

アデラインとミレーは、顔を見合わせフフフと、笑いあう。

最初に会った時は騎士に相応《ふさわ》しくないと腹を立てたが、今日話したデオもライルも個性は強いが好ましい若者だったように思う。そう思ったのはアデラインを宰相《さいしょう》令嬢と知って彼らが態度を改めたことも大きいだろうが、本来の彼らが善良な人間だからなのだろう。騎士号剝奪《はくだつ》なんてことにならなくてよかった。きっと彼らはルードサクシードが誇《ほこ》る立派な騎士になる。

「さあ、お嬢様。できましたよ」

ドレスの裾《すそ》を整えながら、ミレーが誇らしげにアデラインを仰《あお》ぎ見《み》た。

「大変お似合いでございますよ」

「……本当？」

アデラインはドレスの裾を広げて、自らを見下ろした。

あつらえる時間がないため既製品《きせいひん》を購入したが、久しぶりの新しいドレスだ。それだけでアデラインの胸は密《ひそ》かに躍《おど》った。昔は美しいものを身につけることが、単純に好きで、嬉しかった。『似合うはずない』『目立たないように』と、自分で自分に呪《のろ》いをかけるまでは。

(大丈夫《だいじょうぶ》よ。似合ってるわ)

鏡の中の自分に言い聞かせる。

背伸《せの》びせず、あるがままの自分を美しく見せるためのドレス。

ルトヴィアスは何と言うだろう。

今頃着替えてどうするのだと、怒《おこ》るだろうか。昨夜のうちに素直《すなお》に着替えていれば、面《めん》倒《どう》なことにはならなかったのに、と。

今朝、怒って出ていった背中を思い出し、アデラインは胸が締《し》めつけられた。

(どうか、殿下《でんか》が話を聞いてくれますように)

アデラインは天の女神《めがみ》に祈《いの》った。

第十六話

王子の反省

「……はあ……」

ルトヴィアスは重いため息《いき》をついた。

夜風が、ルトヴィアスの髪《かみ》を弄《もてあそ》ぶ。

離宮《りきゅう》の広い囲い庭は人工の溜《た》め池《いけ》があり、小さな白い彫像《ちょうぞう》がその手に持つ水瓶《みずがめ》から池へ水を注いでいる。ルトヴィアスは露台《ろだい》の手摺《てす》りに、高い背を屈《かが》めて頬杖《ほおづえ》をついていた。

もうすぐ夕食の時間だ。アデラインの部屋に行かなければならない。そのことに、ルトヴィアスは二の足を踏《ふ》んでいる。

（どう、謝《あやま》ればいい）

昨夜のことを、ルトヴィアスはアデラインに謝りたかった。

新しいドレスは必要ないと意地になるアデラインに、ルトヴィアスは更《さら》に意地になって、結局泣かせた。

挙げ句に、あの最悪な夕食会。

まさかレイパージ大公が、酔《よ》った上とはいえ宰相令嬢《さいしょうれいじょう》であり、未来の王妃《おうひ》であるアデラインを笑い者にするとは。

ずだ。

（夕食会なんて、来させなければよかった）

気分が悪いとか、適当な理由をつけてアデラインに夕食会を欠席させることもできたは
（あのバカ大公に酒を飲ませなければ……）

それ以前の問題として、自分さえロルヘルドの話をよく聞いていれば……。いや、キッ
パリと夕食会を断っていれば……。後悔《こうかい》しきりである。

夕食会の後に二人きりになった時に謝ればよかったのだが、その時にも『堂々と顔を上げろ』なんて、偉《えら》そうなことを言ってしまったし、今朝こそはと思ったのに、ついキツい態度でアデラインに接してしまった。

目を閉じればアデラインの何か言いたそうな表情が瞼《まぶた》に浮かぶ。

「……あぁ、くそ……」

悪態をついて、ルトヴィアスは手摺りを叩《たた》く。

どうして自分はこうなのだろう。自らの短気が恨《うら》めしくて、ルトヴィアスは天を仰《あお》ぐ。

何故《なぜ》アデラインの言葉を待ってやれない。手に杭《くい》でも打ちつけてあの場に留まればよかったのだ。

昨日の昼間も、そもそもルトヴィアスに言い返してくる時点で、アデラインは普段《ふだん》の彼《かの》女《じょ》ではなかった。

それに気づかず、ルトヴィアスは自分の要求と考えを押しつけてしまった。

何があったのか、何故泣いていたのか、せめてそれだけでも根気よく聞き出しておけば……。

ルトヴィアスは片手に握《にぎ》った菫色《すみれいろ》の花帽《かぼう》を見やる。

いくらなんでも、お気に入りの花帽をなくしたから、顔が腫《は》れるまで泣いたわけではないだろう。そう推測だけはできるものの、彼女の身に何が起こって、そして泣いていたのか、ルトヴィアスにはさっぱりわからない。

とりあえず、花帽を探した。情けないことにルトヴィアスにできることと言えばそれくらいだったからだ。昨夜の夕食会の前後に厩舎《きゆうしや》周辺を探し回ったが見つからず、今朝、屋敷《やしき》を出立する前にもう一度探していた時に、下働きの子供達《たち》が花帽をかぶって遊んでいるのを見かけ、頼《たの》みこんで返してもらった。

アデラインが泣いていた理由をルトヴィアスが聞いたのは昼過ぎだ。アデラインの父親に頼《たの》んで、昨日アデラインを部屋に送って行った騎士《きし》を呼び出し、尋《たず》ねた。

騎士はどうやらアデラインから口止めされていたらしく、事を言《い》い渋《しぶ》ったが、ルトヴィアスの権力と飼い猫《ねこ》の微笑《ほほえ》みの前にやがて口を割った。

『何を話されていたのかは聞こえませんでした。ただ……ハーデヴィヒ嬢《じよう》が、アデラインお嬢様《じようさま》と同じ色のドレスを着ていたのです。……おそらくわざと……』

怒《いか》りに震《ふる》える手を、ルトヴィアスは外套《がいとう》の陰《かげ》に隠《かく》した。

ドレスの色をかぶせるなど、何ということをするのだ。

アデラインだけではなく、王家を侮辱《ぶじょく》する行為《こうい》だ。確かに法令状の処罰の対象にはならないが、だからと言って本当に何の咎《とが》めなしにハーデヴィヒを野放しにしては、王家の面《めん》目《ぼく》が潰《つぶ》れる。いや、何よりルトヴィアスの気がすまない。

（だが……）

アデラインはきっとそれを望まない。ハーデヴィヒへ罰《ばつ》を与えることを望むようなら、昨日のうちにルトヴィアスに事の詳細《しょうさい》を話すはずだ。

けれどアデラインは言わなかった。ルトヴィアスの力や宰相である父親の力を借りることは、彼女の本意ではないのだ。

アデラインの父親が言っていた通り、確かにアデラインは矜持《きょうじ》が高いらしい。

ルトヴィアスは、無駄《むだ》に高い矜持で周囲を振《ふ》り回《まわ》す名家の令嬢を、多く知っている。彼《かの》女達《じょたち》の傲慢《ごうまん》さをルトヴィアスは蔑《さげす》んできたが、けれど不思議とアデラインの矜持の高さは不快ではない。ただ、はっきり言って面倒《めんどう》くさい。父親とルトヴィアスの権力を笠《かさ》に着て、好き勝手してくれる方が、扱《あつか》い方がわかりやすくてこちらとしては助かるくらいだ。

けれど、本当にアデラインがそういった娘《むすめ》であったなら、おそらく自分はこれほどアデラインを気にすることもなかっただろうと、ルトヴィアスは思った。

それはアデラインの矜持を傷つける。

ルトヴィアスがハーデヴィヒを厳罰に処すことは、できない。

（かといってこのまま黙《だま》っているつもりはない）

あのハーデヴィヒの父親。領地からの上申書《じょうしんしょ》が異常に多いことからも、叩けば何か出てくるはずだ。アデラインのことを抜《ぬ》きにしても、遠からず何かしらの処分を言《い》い渡《わた》すことになるだろう。

アデラインの花帽からは、微《かす》かに甘《あま》い香《かお》りがした。アデラインが髪につけている香油《こうゆ》の匂《にお》いかもしれない。

これを返して、そして謝ろう。先日アデラインの悩《なや》みを笑ってしまったことも。早くしないと、アデラインへの謝罪要件がどんどん増えていく気がする。けれど謝ったところで、もう遅《おそ》いかもしれない。アデラインはルトヴィアスと同じ馬車に乗ることさえ拒絶《きょぜつ》した。きっとルトヴィアスの顔も見たくないからだろう。

(同類だと、思っただろうな)

きらびやかな装《よそお》いで上辺だけ優《やさ》しい顔をした、醜悪《しゅうあく》で、おぞましい人種。あの夕食会の場でアデラインを侮辱し、傷つけた人間どもと同じことを、ルトヴィアスはアデラインに言った。

王太子妃に相応《ふさわ》しい装いを、と。

「……違う。俺《おれ》はただ……」

つい、虚空《こくう》に向かってアデラインへの言い訳じみた言葉が口をついた。

(ただ、いい機会だと思ったんだ)

アデラインが、年頃《としごろ》の娘らしからぬ色やデザインのドレスばかり着るのは、自らを卑下《ひげ》していたからだろうと、何となくルトヴィアスには察しがついていた。

だからこれを機会に、好きなドレスを着ればいいと、そう思ったのだ。確かに王族として、アデラインにそれなりの装いを求めたかった本音もある。臣下に侮《あなど》られるようでは困るからだ。

けれどアデラインを傷つけたかったわけではない。嘲笑《あざわら》っていたわけではない。レイパージ大公やハーデヴィヒ達とは違《ちが》う。

でもアデラインにすれば、きっと同じように聞こえたはずだ。そう思われても仕方ない。

現に、レイパージ大公に反論したルトヴィアスを、アデラインは驚《おどろ》いた目で見ていた。

アデラインにしてみれば、ルトヴィアスとレイパージ大公が仲間割れでもしたかのように見えたのだろう。

容姿なんて張りぼてだ。それにこだわって、自らの行動を制限するなんて馬鹿《ばか》げている。

けれどその考えを押《お》しつけて、無理矢理行動を促《うなが》すのも如何《いかが》なものだろう。

『たかだか容姿に何をこだわってるんだ、お前は』

アデラインに言った言葉が、そのまま自分に返ってくる。

こだわっていたのは、ルトヴィアスの方ではなかったか。

「……だいたい……何で俺は落ちこんでるんだ……」

アデラインにどう思われようがかまわないはずだ。

所詮《しょせん》は政略結婚《けっこん》。好かれようが嫌《きら》われようが、結婚は決定事項《じこう》だ。

けれど、胸のあたりがモヤモヤする。何故かアデラインのことばかり考えてしまう。

「殿下《でんか》？　そこにいらっしゃるんですか？」

背後からかけられた突然《とつぜん》の声に、ルトヴィアスはぎょっとして振《ふ》り返《かえ》った。

既にあたりは暗く、室内が明るいため、逆光でその人影《ひとかげ》が誰《だれ》であるのか、ルトヴィアスは一瞬《いっしゅん》わからなかった。

いや、声で誰であるかはわかったのだが、振り返って見たその姿が、ルトヴィアスの知るその人物の姿とかけ離《はな》れていたために、認識《にんしき》が遅《おく》れてしまった。

「……アデライン？」

「はい。あの、すみません勝手に入って……」

アデラインはおずおずとルトヴィアスに近づいてきた。

「一応侍官が取り次いでくれたんですが、お返事がなくて……」

露台まで侍官の声が届かなかったのか、それともルトヴィアスがまたしても聞《き》き逃《のが》したのか。どちらなのかはわからないが、今のルトヴィアスには、そんなことはどうでもいい。

「……お前、どうしたんだ。それ」

アデラインが着る白に近い、薄《うす》くくすみがかった桃色《ももいろ》のドレスは、裾《すそ》に向かってにわかに色が濃《こ》くなっている。

二連の長めの真珠《しんじゅ》の首飾《くびかざ》りが、肩《かた》にかけて広く開いた胸元《むなもと》に揺《ゆ》れていた。

何より驚いたのは、真珠が縫《ぬ》いつけられた花帽から、流れるように伸《の》びる栗色《くりいろ》の髪。

頭の後ろで三つ編みにしている髪形《かみがた》しか見たことがなかったので、その髪がこれほど長く、艶《つや》めいていることをルトヴィアスは初めて知った。

アデラインは自らを見下ろしながら、やや戸惑《とまど》うように答えた。

「昼間に街で……何だか結局地味になってしまいましたが……」

「……」

確かに地味ではある。色は大人しいし、刺繍《ししゅう》も控《ひか》えめだ。今まで首元まできっちりと釦《ぼたん》で留《と》めていた胸元がいくらか開放的にはなったが、アデラインのドレスは長めの袖丈《そでたけ》と広めの袖口《そでぐち》で、流行には反している。おまけに裾が、引きずるほど長い。なのに軽《かろ》やかに見えるのは何故だろう。

（ああ、歩き方か……）

普通《ふつう》なら重苦しく感じられる長い袖《そで》と裾が、逆にアデラインの洗練された所作を引き立てて優雅《ゆうが》に見せているのだ。

貴族の令嬢としてはかなり地味な装いだが、おそらくこのまま舞踏会《ぶとうかい》に出ても周囲に見劣《みおと》りはしないだろう。

むしろ注目を集めるかもしれない。

『上品』とは、きっとこういった様相のことを言うのだ。

「あの……殿下。お話があって……」

アデラインが顔を上げる。肩から髪がサラサラと流れた。

夜色の目が、まっすぐにルトヴィアスを捉《とら》えている。

数日前、騎士の減刑《げんけい》を訴《うった》えた時を除けば、アデラインがこれほど躊躇《ためら》いなくルトヴィアスを見つめるのは初めてだ。

「私、自分の容姿が嫌いでした。美しければ、きっと何もかもがうまくいったのにって、いつも思っていました。殿下がおっしゃられたように……こだわってたんです」

「それは……」

ルトヴィアスは思わず口を挟《はさ》んだ。

「……それは……俺の失言だ。お前に俺の考えを押しつけた。……悪かった」

ようやく一つ謝れたことに、ルトヴィアスは安堵《あんど》した。けれど、まだまだ謝らなければいけないことはたくさんある。

ルトヴィアスの謝罪に、アデラインは目を丸くした。

「そんなっ、殿下が謝ることなんて何もありません！　だって私……殿下のおかげでやっと気づけたんです。あの……えっと……何て言ったらいいか……」

アデラインが、言葉を探しているのか焦《あせ》っている。

そこでルトヴィアスは、今更《いまさら》ながら、あることに気づいた。

おそらくアデラインは人との会話が得意ではない。自分の気持ちを表現する言葉を探すあまり、相手との会話の展開に追いつけない人種だ。

そんなアデラインが、性急な性格のルトヴィアスを待たせまいと、必死になっている。

「……焦るな」

アデラインに言っているようで、その実、ルトヴィアスは自分に向けて言い聞かせていた。

「焦らないでいい。……待つ」

「……はい」

緊張《きんちょう》のためか強張《こわば》っていたアデラインの頰《ほお》から力が抜けて、小さな、けれど自然な微笑みが浮《う》かぶ。

ルトヴィアスは眩《まぶ》しいものを見るように目を細めて、その表情に見入った。

(……笑った……)

どうすれば笑うかと、シヴァに乗せれば笑うだろうかと、思案したのは昨日のことだ。難しい策など必要ない。アデラインの歩調に合わせるだけで、彼女は微笑んでくれたではないか。こんな簡単なことが、何故今までできなかったのだろう。

落ち着いたアデラインは、ゆっくり、言葉を探しながら、また話し始めた。

「私、容姿を……言い訳にしてたって気づいたんです。言い訳にして逃《に》げてた。でももう、やめます。逃げるのも、羨《うらや》むのも……自分で自分を貶《おとし》めるのも」

アデラインの表情が、まるで何かが削《そ》げ落ちたかのように、真剣《しんけん》なものに変わる。

「私、貴方《あなた》の妃になります」

アデラインの唐突《とうとつ》な宣言に、ルトヴィアスは目を瞬《またた》かせた。そんなこと、わざわざ言われなくても知っている。けれど彼女が、単なる事実を告げているわけではないと、その目を見ればわかった。

迷いも、怯《おび》えた様子もない、落ち着いた瞳《ひとみ》。

昨日までの、逃《に》げ道《みち》を探してさ迷い、でなければ何も見ないように俯《うつむ》いていたアデラインとは大違いだ。

「顔を言い訳には、もうしません。確かに私は美しくないけれど……それを補ってみせます。政治も経済も勉強し直します。公務も、社交も……ド、ドレス選びも……努力します。私が隣《となり》に立つことで、二度と貴方に恥《はじ》はかかせない」

胸の前で固く組んだ両手が、アデラインの決意の固さをあらわすように白くなっている。

「殿下が、この国が、誇《ほこ》れるような立派な妃になります。私、変わりたいんです。自分のことを好きになりたいんです」

「……」

アデラインの強い言葉に、ルトヴィアスはどう返せばいいのかわからない。

（変な女……）

昨夜の最悪な侮辱劇のどこをどう拾えば、この前向きな決断に繋《つな》がるのだろうか。

更に萎縮《いしゅく》し、逃《に》げ出《だ》したくなるのが普通な気がする。怒りを原動力にしたのならまだわかる。けれどアデラインの原動力は、怒りではないらしい。

(矜持が、高い……)

そうだ。アデラインは、矜持を原動力に行動している。

けれど自らが侮辱され、貶められたところで、彼女の矜持は奮い立ちはしない。

彼女が奮い立つのは、自分のために他人が傷つく時だ。アデラインは、それを許さない。

己《おのれ》の矜持にかけて、断固阻止《そし》しようとする。

今回のことにしろ、自分のためと言いながら、彼女は本当に自分一人のためなら、きっと泣いて終わらせただろう。

けれどアデラインは決断した。ルトヴィアスの妃になることを。

その決断がルトヴィアスのためであると考えるのは、あまりにおこがましいかもしれないが、何にしろ、彼女は押しつけられた義務を、自らの手で受け取った。

「……変な女……」

意識せず、心のうちが声にこぼれた。

「え⁉ 変ですか？ やっぱり変です？」

途端《とたん》に、アデラインはあたふたとドレスや髪を触《さわ》って確認《かくにん》し始めた。

「……ふ」

「……殿下？」

「は、はは。あはははは！」

笑いが止まらない。

「あはははっ！　はははは っ!!」

「……笑った……」

手摺に寄《よ》りかかって大笑いするルトヴィアスを、アデラインが呆然《ぼうぜん》と見ている。

だがルトヴィアスはかまわずに笑い続けた。

こんなふうに笑うのはいつぶりだろう。少なくとも三年、ルトヴィアスは本気で笑うことを忘れていた。実を言えば、もう二度と本気で笑うことはないと、ずっと思っていたのに。

「変なやつ！」

ルトヴィアスは楽しくて、もう一度声に出した。

「……そんなに？」

少し傷ついた顔で、アデラインがまた自分を見下ろした。そんなアデラインが可哀想《かわいそう》で、ルトヴィアスは止まらない笑いのなかから必死に否定してやった。

「そうじゃ、はは、ない。ドレスのことじゃない。くく……」

「え？」

「ふっ……あはは！」

駄目《だめ》だ。アデラインの困り顔がまた面白《おもしろ》い。

悪くないかもしれない、そうルトヴィアスは思った。

政略結婚だからと、何の期待もしていなかった。早々に側室をとるべきかとも考えた。けれどアデラインとなら、それなりに夫婦《ふうふ》としてやっていける気がする。少なくとも妻に寝首《ねくび》を掻《か》かれる心配はいらないだろうし、アデラインのこの困り顔を見れば、大抵《たいてい》のことは笑い飛ばせる気がした。

ルトヴィアスの手元を見たアデラインが、そこにあるものが何なのかに気がついた。

「……殿下、それ……」

アデラインの目線で、ルトヴィアスは彼女の花帽の存在を思い出す。そういえば、返そうと思っていたのだった。

「ああ……下働きの子供が玩具《おもちゃ》にしていたぞ」

笑いを噛《か》み殺《ころ》しながら、ルトヴィアスは花帽を手渡《てわた》そうとアデラインに歩み寄る。

けれど、薄明りの中、春の霞《かす》みがかった夜明けのようなドレスを着たアデラインを改めて正面から見て、刹那《せつな》見とれ、立《た》ち尽《つ》くした。

彼女なりの決意表明であろうドレスは、本当に、お世辞抜きにアデラインによく似合っている。誰かに見せびらかしたいような、それでいて誰にも見せずに大切に大切に隠しておきたいような、相反する感情がルトヴィアスのなかに渦巻《うずま》いた。

「……殿下？」

動きを止めたルトヴィアスに、花帽を受け取る体勢だったアデラインは、首を傾《かし》げる。

その動きで、アデラインの白い肩に、艶めく髪が一筋流れた。その髪に触りたいという欲求に、ルトヴィアスは素直《すなお》に従い、手を伸ばした。

瞬間的《しゆんかんてき》に、アデラインが身を強張らせる。

女性の髪は血が繋がった家族でも、そうそう触らない。触るのが許されるのは夫か、婚《こん》約者《やくしや》か、または女性本人が心を許した恋人《こいびと》だけだ。

みるみる紅潮していくアデラインの顔がまた面白くて、こみ上《あ》げてくる笑いを、ルトヴィアスは必死に堪《こら》える。妙齢《みようれい》の婦人の顔が面白いからと笑っては、さすがに申し訳ない。

しかも、アデラインは顔に劣等感《れつとうかん》を抱《かか》えている。余計に傷つけるようなことはしたくない。

栗色の髪は、しっとりと潤《うるお》っていて、不思議とルトヴィアスの指に馴染《なじ》んできた。

「……こんなに長かったんだな」

「……は、は、はい」

アデラインは両手を胸の前で握り締め、完全に固まっている。きっと、こんなふうに髪を撫《な》でられるのは、初めてなのだろう。そのことに、ルトヴィアスはくすぐったい嬉《うれ》しさを感じ、噛《か》み締める。

「……じっとしていろよ」

「え」

一歩近づき、アデラインの頭の上の花帽を、ルトヴィアスは片手で摑《つか》んだ。

(この香り……)

ふわりと、甘い香りが漂《ただよ》う。やはりこの香りはアデラインのものだったのだ。

甘くて、清廉《せいれん》で、ルトヴィアスの頭を痺《しび》れさせる香りだ。

「……持ってろ」

アデラインがかぶっていた花帽を摑むと、それを彼女の手に渡《わた》し、ルトヴィアスは自らが持っていた菫色の花帽を、両手で持ち直す。

そして、そっとアデラインの頭に乗せた。

さながら戴冠式《たいかんしき》で、妃の頭へ宝冠《ほうかん》を授《さず》けるように。

「……あ」

「もうなくすなよ」

アデラインの耳の後ろあたりに手を差《さ》しこみ、ルトヴィアスは髪の感触《かんしょく》を楽しんだ。

相変わらず、アデラインは顔を真っ赤にさせて、唇《くちびる》を震わせている。

「は、はい！」

そのあまりにも緊張したアデラインの様子が気の毒で、ルトヴィアスは仕方なく、アデラインの髪から手を放してやった。本当なら、もう少し撫でていたかったのだが。

アデラインの肩が、あからさまに安堵で下がる。そんな様子に、温かい笑いがこみ上げてくるのは何故だろう。

「……いいんじゃないか？」

「……え？」

何が、と目を瞬かせるアデラインに、ルトヴィアスは顎《あご》で示す。

「ドレス」

「……あ……」

アデラインが照れながらも、嬉しそうに頬を緩《ゆる》めた。

「ありがとうございます」

その顔を見ながら、自分の目元と口元も優しく綻《ほころ》んでいることに、ルトヴィアスは気づいていなかった。

あとがき

初めましてこんにちは、七明《ななあき》です。このたびは『王子殿下《でんか》の飼い猫《ねこ》はすこぶる毛並みが良いらしい』を手に取ってくださり、ありがとうございます。

『小説家になろう』様で連載《れんさい》を始めたのが二〇一八年の四月末。正直言って、私はアデラインのうじうじ性格が読者様に受け入れていただけるのか心配していたのですが、蓋《ふた》を開ければ吹《ふ》き荒《あ》れたのはルトヴィアスヘイトの嵐《あらし》。そっちだったか（笑）。

ともあれ、めでたく書籍《しょせき》化《か》と相成りました。編集者様のご指導でわかりにくかったところはわかりやすく、ルトとアディの関係にも砂糖を多めにまぶしてお手元へ届くようにしました。……が。あの、あれですね。いっそイラストが少ないイラスト集として扱《あつか》っていただいてかまいません。華麗《かれい》なイラストを愛《め》でてください。紫《むらさき》真依《まい》様。お忙《いそが》しいのに美《び》麗《れい》イラストありがとうございます。ラフをいただいた時の感動、忘れません。

そして読者の皆様《みなさま》。この本があなたの人生の楽しい暇《ひま》潰しになれますように。

七明

■ご意見、ご感想をお寄せください。
《ファンレターの宛先》
〒102-8078 東京都千代田区富士見 1-8-19
株式会社KADOKAWA ビーズログ文庫編集部
七明 先生・紫真依 先生

■エンターブレイン カスタマーサポート
[電話] 0570-060-555（土日祝日を除く正午～17時）
[WEB] https://www.kadokawa.co.jp/（「お問い合わせ」へお進みください）
※製造不良品につきましては上記窓口にて承ります。
※記述・収録内容を超えるご質問にはお答えできない場合があります。
※サポートは日本国内に限らせていただきます。

B's-LOG BUNKO
ビーズログ文庫

王《おう》子《じ》殿《でん》下《か》の飼《か》い猫《ねこ》は すこぶる毛《け》並《な》みが良《よ》いらしい

七《なな》明《あき》

2019年1月15日 初刷発行

◆アンケートはこちら◆
https://ebssl.jp/bslog/bunko/enq/

発行者　三坂泰二
発行　株式会社 KADOKAWA
〒102-8177 東京都千代田区富士見 2-13-3
（ナビダイヤル）0570-060-555
デザイン　AFTERGLOW
印刷所　凸版印刷株式会社

ISBN978-4-04-735409-8 C0193

定価はカバーに表示してあります。